GRIFFIT Ambrose

...rk
Department
...TTAN

...DENTIEL - RESERVE AUX SERVICES DE POLICE
(...lez écrire ou dactylographier lisiblement)

Entendu à plusieurs reprises au cours de l'enquête, Sir Aleister WELLING reconnut avec tristesse que son gendre était un excentrique, un faible qui s'était montré incapable de faire face au décès de son épouse, comme d'éduquer correctement sa progéniture (sic).

Un interrogatoire du voisinage ne nous révéla rien quant aux possibles inimitiés dont la victime aurait pu être l'objet.

Une perquisition effectuée à son domicile, ne permit pas de découvrir d'indices intéressants pour notre enquête.

Des vérifications effectuées auprès des compagnies concernées permirent d'établir qu'aucun client du nom de Ambrose GRIFFIT n'avait contracté d'assurance.

Compte tenu de la nature du commerce exercé par Ambrose GRIFFIT, de la variété et du grand nombre des objets présents dans la boutique, il a donc été conclu à un homicide volontaire durant un cambriolage.

Conformément à vos instructions, afin d'épargner à la famille de Sir Aleister WELLING une épreuve supplémentaire, nous n'avons pas procédé à l'autopsie du corps.

Ce jour, il a été délivré un permis d'inhumation au nom de Ambrose GRIFFIT.

Le lieutenant de Police
Vincente LAZZARI

XOCO

Notre Seigneur l'Écorché

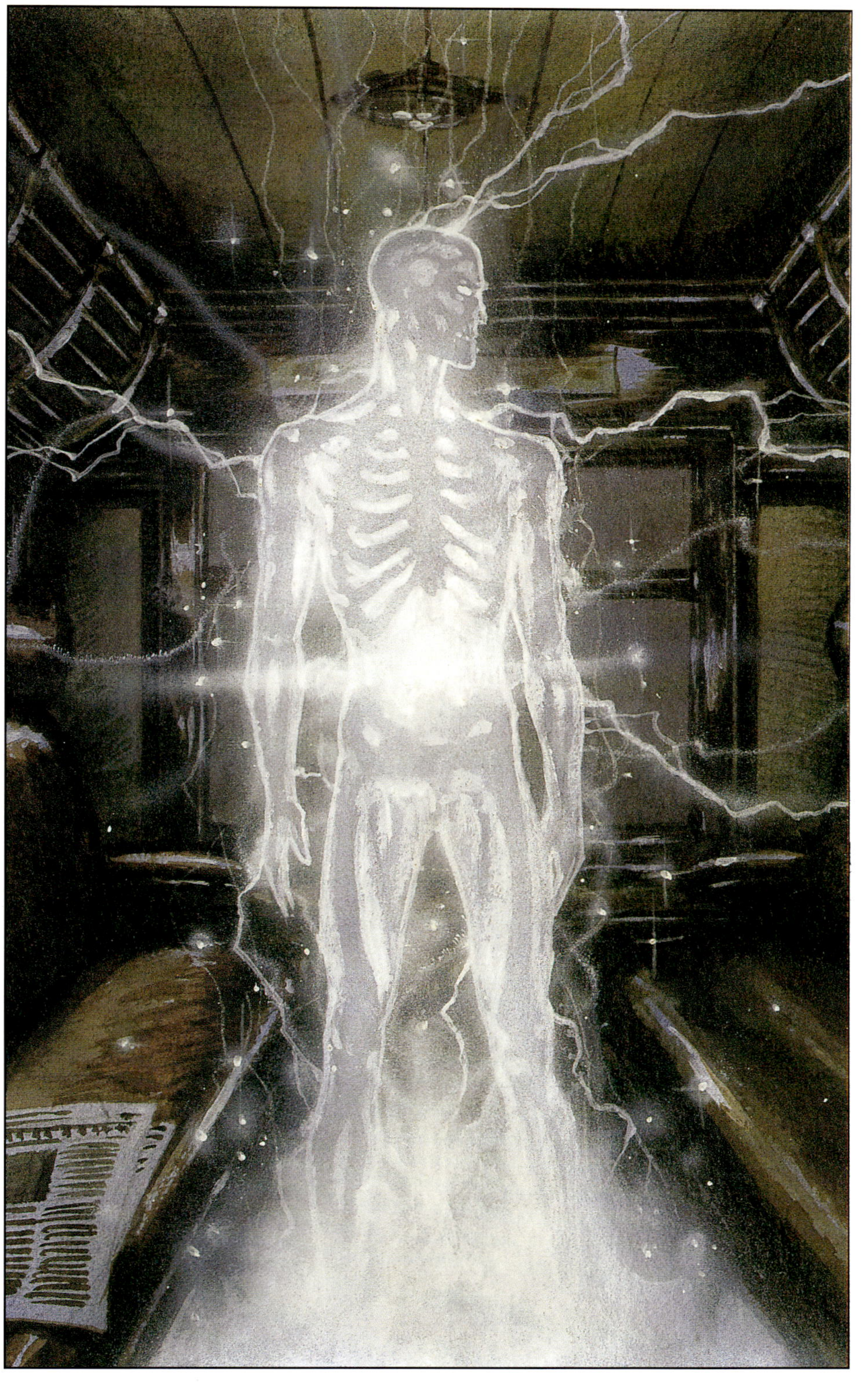

LEDROIT — MOSDI

Collection

GIBIER de POTENCE

XOCO
de Ledroit et Mosdi
- Papillon Obsidienne
- Notre Seigneur l'Écorché

PERDITA QUEEN
de Crisse
- Griffin Dark

LA ROSE DE JERICHO
de Uriel
- Premier jour

QU'ELLE CRÉVE LA CHAROGNE
de Moynot et Dieter

CRIMES D'ART
de Clavé
- Opéra

MORT A OUTRANCE
de Sorel et Mosdi

Du même auteur

LES CHRONIQUES DE LA LUNE NOIRE
Avec Froideval
- Le signe des ténèbres
- Le vent des dragons
- La marque des démons
- Quand sifflent les serpents
- La danse écarlate

Lettrage Anne DRANO

Editions Vents d'Ouest
31-33, rue Ernest Renan
92130 Issy-les-Moulineaux
Tél. : 41 46 11 46
Fax. : 40 93 05 58

Dépôt légal Novembre 1995
ISBN : 2 86967 349 3
Photogravure : SCANN 92
Imprimé en France
par Publiphotoffset - 93500 Pantin
Relié par Ouest Reliure - Renne

«De même que le bref et funeste flamboiement des explosions solaires n'est guère perceptible aux pupilles des aveugles, les prémices de l'horreur passèrent presque inaperçues ; en fait, on les publia dans le tumulte qui s'ensuivit, peut-être même ne lui furent-elles pas rattachées, peut-être n'y vit-on aucun rapport. Il était difficile de juger.»

William Peter BLATTY

NEW YORK, hiver 1931...

WLAM!

(*) "DÉPRESSION" : Grande crise de 1929.

C'EST BON PATRON, IL EST AU CHAUD!
PARFAIT!...
IL NE NOUS RESTE PLUS QU'À FAIRE UN SAUT AU CAMPEMENT...,
...AU CAS OÙ!

ork Gazette
S DISAPPEAR
YSTERIOU
ÊTES-VOUS SÛR DE POUVOIR LE LOCALISER !?
JE VOUS AI DÉJÀ RÉPONDU ! OUI, JE SUIS EN MESURE DE LE LOCALISER, POUR PEU QUE VOUS ME LAISSIEZ ME CONCENTRER !
QU'EST-CE QUI VOUS DONNE UNE TELLE ASSURANCE !?
EH BIEN, D'UNE CERTAINE MANIÈRE, ITZLAPALOTL A ÉTÉ EMPRISONNÉ, ET NEUTRALISÉ, MAIS SON ESSENCE EST SI PARTICULIÈRE...
QUE SA SEULE PRÉSENCE PERTURBE L'ÉQUILIBRE DU CHAMP ASTRAL. ELLE CRÉE UNE SORTE DE VIBRATION MÉDIUMNIQUE CARACTÉRISTIQUE...
... QUI IRA EN S'AMPLIFIANT LORSQUE JE M'APPROCHERAI DE LUI !

JE PERÇOIS DÉJÀ SA PRÉSENCE, LA SENSATION EST INCROYABLE ...
IL EST À NEW YORK, PAS TRÈS LOIN D'ICI ...
ENFIN, TU POURRAIS QUAND MÊME ME LE DIRE ! JE SUIS TON AMIE, APRÈS TOUT, QU'EST-CE QUE ÇA PEUT FAIRE !?
ÉCOUTE, DAISY, JE TE SUIS INFINIMENT RECONNAISSANTE DE ME PRÊTER TON APPAR -TEMENT DURANT QUELQUES JOURS ...
... MAIS CE N'EST PAS POUR CE QUE TU IMAGINES !
SON AURA SE PRÉCISE
AU SEIN DE LA MULTITUDE
POURTANT, IL EST PLUTÔT MIGNON !
A DEMAIN MATIN, DAISY ...
ÇA VA ! ÇA VA ! JE M'EN VAIS ...
... ESPÈCE D'HORRIBLE CACHOTTIÈRE !
JE SURVOLE UNE LARGE AVENUE ...
COMME UN ABÎME LUMINEUX, AU CŒUR DE MANHATTAN ...

ENTREZ, VOUS NE ME DÉRANGEZ PAS...
POUR MOI, C'EST L'ESPRIT MALÉFIQUE QUI A TUÉ LUCIO, MON FRÈRE !!
COMME IL A AUSSI TUÉ MON PÈRE, N'EST-CE PAS !?...
JE VAIS MIEUX, LA FIÈVRE EST PASSÉE...
POUR LE RESTE, TANT QU'IL NE SERA PAS DÉTRUIT...
POURQUOI NE PAS LE DÉTRUIRE TOUT DE SUITE ? LE JETER DANS LE FEU NE SUFFIRAIT-IL PAS ?!
QU'EST CE QUE C'EST AU JUSTE...
... UNE SORTE DE DÉMON !?
NOUS AUTRES INDIENS DISONS QUE C'EST...
UN MANGEUR D'ÂMES !
NON, JE DOIS RETOURNER EN ARIZONA, PLUSIEURS BRUJOS DOIVENT S'UNIR POUR ESPÉRER L'ANÉANTIR...

DES BRUJOS !?
DES CHAMANS, OU DES SORCIERS SI VOUS PRÉFÉREZ...
ILS VIENDRONT DE TOUTE LA RÉGION, ET MÊME DU MEXIQUE, POUR UNE CÉRÉMONIE QUI DURERA PLUSIEURS JOURS, PEUT-ÊTRE PLUSIEURS SEMAINES, EN FAIT, JUSQU'À CE QUE ITZLAPALOTL SOIT VAINCU...
A MOINS QUE CE NE SOIT LUI QUI NOUS EXTERMINE, TOUS AUTANT QUE NOUS SOMMES !
JE ME DIRIGE VERS UN IMMEUBLE POURVU D'UNE TOUR D'ANGLE DISTINCTIVE...
DROIT SUR UNE LUCARNE FAIBLEMENT ÉCLAIRÉE...
JE VOIS UNE PIÈCE AVEC UNE CHEMINÉE ET DEUX PERSONNES ASSISES DEVANT, À MÊME LE SOL, DEUX FEMMES...
... JE VOUS DOIS LA VIE, JE CROIS !
OUI, MAIS D'UN AUTRE CÔTÉ, JE JE VOUS DOIS LA MIENNE AUSSI !
NOUS SOMMES QUITES ! VOUS AVEZ...
NON ! IL Y A UN HOMME !...
C'EST UNE SALETÉ D'INDIEN !!...

CETTE VERMINE M'A FLAIRÉ ET IL A LE COUTEAU !!
JE CROIS CONNAÎTRE LE COIN OÙ IL SE TERRE !
QU'EST-CE QU'IL Y A !?
NOUS DEVONS PARTIR D'ICI TOUT DE SUITE, JE VOUS EXPLIQUERAI PLUS TARD !...
CONNAISSEZ-VOUS UN AUTRE ENDROIT OÙ NOUS POURRIONS PASSER QUELQUES JOURS, LE TEMPS QUE JE ME RÉTABLISSE ?...
TOUT À FAIT...
CHEZ UNE AMIE QUI NE M'A JAMAIS FAIT DÉFAUT, QU'ELLE QUE SOIT LA SITUATION !...
CHEZ CETTE TRÈS VIEILLE, ET POURTANT SI CHARMANTE...
... TANTE LUCIE !!

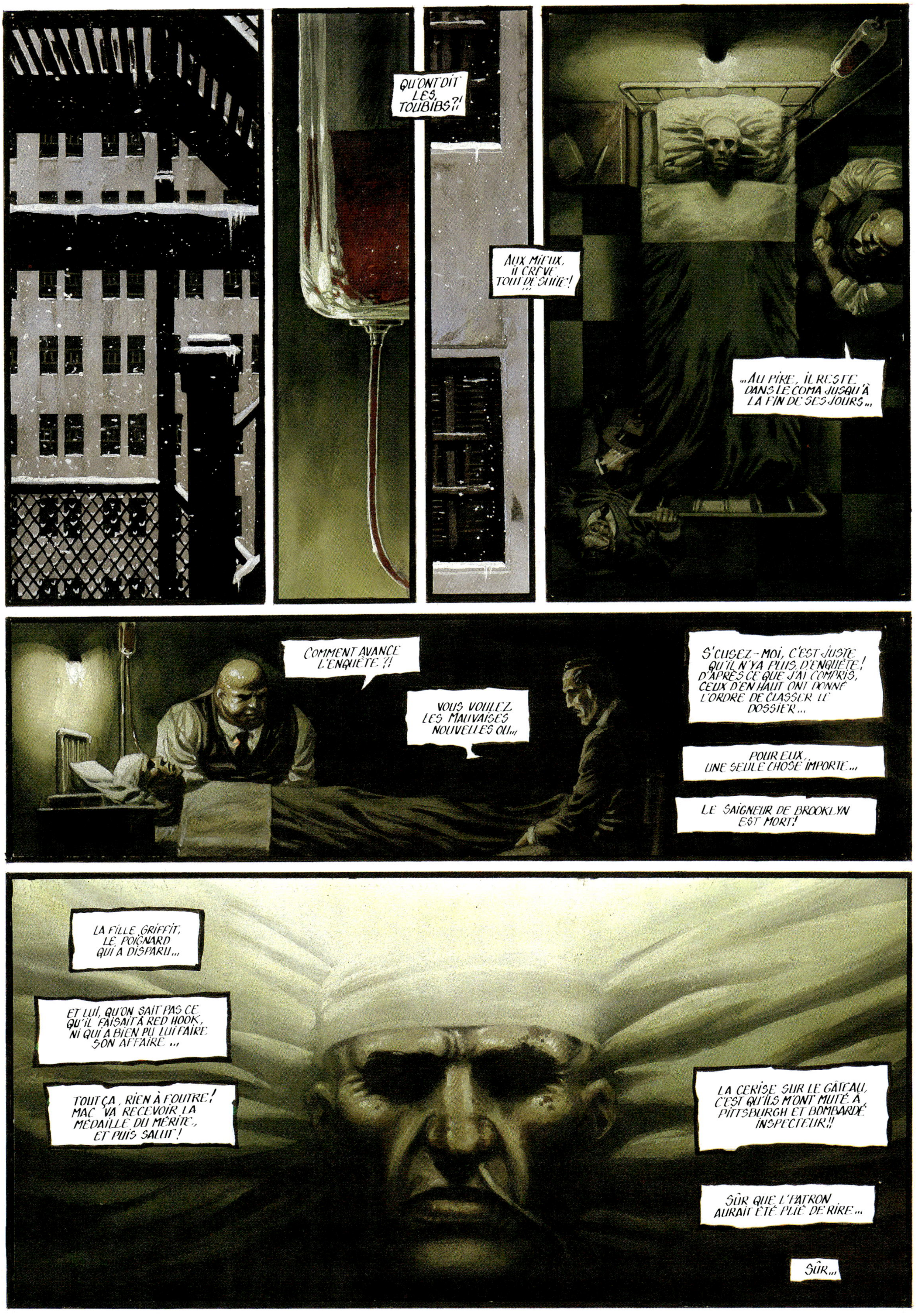
QU'ONT DIT LES TOUBIBS ?!
AUX MIEUX, IL CRÈVE TOUT DE SUITE ! ...
...AU PIRE, IL RESTE DANS LE COMA JUSQU'À LA FIN DE SES JOURS...
COMMENT AVANCE L'ENQUÊTE ?!
VOUS VOULEZ LES MAUVAISES NOUVELLES OU...
S'CUSEZ-MOI, C'EST JUSTE QU'IL N'YA PLUS D'ENQUÊTE ! D'APRÈS CE QUE J'AI COMPRIS, CEUX D'EN HAUT ONT DONNÉ L'ORDRE DE CLASSER LE DOSSIER...
POUR EUX, UNE SEULE CHOSE IMPORTE...
LE SAIGNEUR DE BROOKLYN EST MORT !
LA FILLE GRIFFIT, LE POIGNARD QUI A DISPARU...
ET LUI, QU'ON SAIT PAS CE QU'IL FAISAIT À RED HOOK, NI QUI A BIEN PU LUI FAIRE SON AFFAIRE...
TOUT ÇA, RIEN À FOUTRE ! MAC VA RECEVOIR LA MÉDAILLE DU MÉRITE, ET PUIS SALUT !
LA CERISE SUR LE GÂTEAU, C'EST QU'ILS M'ONT MUTÉ À PITTSBURGH ET BOMBARDÉ INSPECTEUR !!
SÛR QUE L'PATRON AURAIT ÉTÉ PLIÉ DE RIRE...
SÛR...

MAIS FAUDRAIT PAS CROIRE QUE J'VAIS FILER COMME ÇA ! CES ENFOIRÉS ET LEURS SALES MAGOUILLES DE POLITICARDS PEUVENT ALLER SE FAIRE FOUTRE !...
J'AI ENCORE QUINZE JOURS DEVANT MOI AVANT DE DEVOIR PLIER BAGAGES...
... ET CES QUINZE JOURS, MÊME SI C'EST PAS GRAND-CHOSE, JE LUI EN FAIS CADEAU !...
BON DIEU, JE LE LUI DOIS BIEN !
OUAIP ! RESTE À SAVOIR CE QU'IL EST POSSIBLE DE FAIRE ?!
BEN, EN FAIT, J'AI DÉJÀ ESSAYÉ DE METTRE LA MAIN SUR CETTE FAMEUSE MONA, MAIS J'AI PAS EU DE CHANCE JUSQUE LÀ !...
ALORS, JE VAIS ALLER À SEATTLE VOIR L'INSPECTEUR LAZZARI, CELUI QUI S'OCCUPAIT DU DOSSIER GRIFFIT UN PEU AVANT DE DEVENIR DINGUE ! JE SAIS QUE...
WILLY ! RETROUVE-MOI LES ENFANTS DE PUTE QUI L'ONT MIS DANS CET ÉTAT !!
FONCE ET JE TE PROMETS QU'ILS PASSERONT UN PUTAIN DE FOUTU QUART D'HEURE !!

HELLO...! LES TOURTEREAUX...
JE VOUS AMÈNE DES PETITS PAINS TOUT CHAUDS !
!?
DAISY
Daisy,
Pas le temps d'essayer d'expliquer ce qu'il se passe.
Même si mon message te paraît insensé, il faut que tu me fasses
confiance. Tu dois quitter ton appartement tout de suite.
...ET ATTENDRE QUELQUES JOURS AVANT D'Y REVENIR...
...JE NE PLAISANTE PAS. FILE D'ICI SUR-LE-CHAMP...
...EN RESTANT CHEZ TOI TU COURS UN GRAVE DANGER !

un grave danger. Fais ce que je te dis et tout ira pour le mieux. Je vais passer quelque temps chez cette vieille Lucie.
Prends bien soin de toi. Je t'embrasse très fort,
Mona
MISS DAISY STEINBERG!?
DES AMIS À MOI AIMERAIENT SAVOIR OÙ SE CACHE MISS GRIFFIT.
ET VOUS N'IGNOREZ PAS OÙ ELLE SE TROUVE, N'EST-CE PAS?
NE ME FAITES PAS DE MAL!
JE VOUS ÉCOUTE...
LA VIEILLE LUCIE, C'EST LÀ QU'ELLE EST!
C'EST UNE MAISON SUR LA PLAGE, "LA SANTA LUCIANA" À L'EST DE LONG ISLAND.
BIEN, BIEN... MISS STEINBERG...
... TRÈS BIEN.
VOUS ÊTES UNE EXCELLENTE ÉLÈVE, ET VOUS AVEZ BIEN MÉRITÉ UNE PETITE...
... RÉCOMPENSE!

C'ÉTAIT UNE BON DIEU D'LIMOUSINE NOIRE, INSPECTEUR !...
LA NUIT DERNIÈRE, J'L'AI VU RÔDER AUTOUR DE NOT'CAMP'MENT !
T'NEZ, V'LÀ LES TRACES DE PNEUS QU'ELLE A LAISSÉES !
C'EST JUSTE APRÈS QU'LA FEMME DE VALDINI EST V'NUE M'AVERTIR QUE SON HOMME AVAIT DISPARU !
SÛR QUE L'DIABLE A UN OEIL SUR NOUS, CAR VALDINI C'EST PAS L'PREMIER ! Y'A D'JÀ EU FERRER, MORALES ET STANLEY !
ON A BIEN PRÉV'NU LA POLICE, MAIS JUSQUE LÀ Z'AVIEZ PAS PRIS LA PEINE DE VOUS DÉPLACER !
P'TÊTRE QU'Y FAISAIT TROP FROID !?...
VOUS AVEZ RELEVÉ D'AUTRES DÉTAILS, LE NUMÉRO D'IMMATRICULATION DU VÉHICULE ?
FAISAIT SOMBRE, INSPECTEUR, J'AI DIT C'QUE J'SAVAIS ! À VOUS D'M'EXPLIQUER C'QUE VOUS ALLEZ FAIRE POUR NOUS !...
DANS S'CAMP'MENT DE TRAÎNE-MISÈRE, ÇA R'SSEMBLE P'T'ÊTRE PAS TROP À L'IDÉE QU'ON S'FAIT D'L'AMÉRIQUE...
MAIS Y'A DES GENS RUD'MENT BIEN...
VOUS POUVEZ LEUR DIRE QU'ON VA METTRE TOUT LE QUARTIER SOUS SURVEILLANCE, QU'EN ÉCHANGE NOUS EXIGEONS LEUR ENTIÈRE COOPÉRATION...
VRAI, ON A PENSÉ À QUELQUE CHOSE, ET S'ILS L'OUVRAIENT, ÇA MANQUERAIT TOUT PAR TERRE !

NOUS ENTRONS DANS LE MÉTROPOLITAIN...
JE SAIS, ET C'EST CE QUI ME PARAÎT ÉTRANGE !
POURQUOI !? APRÈS TOUT, NOUS SOMMES À NEW YORK !
QUE MESCALITO NOUS ENTRAÎNE DANS UN ENDROIT PAREIL...
ET MAINTENANT CETTE SALAMANDRE, JE NE TROUVE PAS ÇA NORMAL !
...COMME SI MESCALITO ESSAYAIT DE NOUS METTRE EN GARDE, MAIS QU'IL ÉTAIT TROP FAIBLE...
IL S'AGIT PEUT-ÊTRE D'UN SIGNE...
...POUR LE FAIRE AVEC SUFFISAMMENT DE CLARTÉ !...
3669
... D'UN ENCOURAGEMENT À SUIVRE CETTE DIRECTION !?
JE NE CROIS PAS, ON DIRAIT PLUTÔT UN AVERTISSEMENT !...

LE MUSÉUM ?! QU'EST-CE QUE CELA PEUT SIGNIFIER !?
SURTOUT, RESTEZ CALME !
NOUS SOMMES EN TRAIN DE RÊVER !...
ET IL Y A DANS CE RÊVE UNE PRÉSENCE HOSTILE !
CONTRÔLEUR ! VOTRE TICKET, S'IL VOUS PLAÎT !
TICKET !!
OH, MON DIEU !! C'EST MON PÈRE !!
MISS GRIFFIT, VOTRE TICKET !
NE VOUS LAISSEZ PAS GAGNER PAR LA PEUR !
IL S'AGIT D'UNE ILLUSION...
TICKET !!!

NE REGARDEZ PAS CETTE HORREUR!
ON ESSAYE DE VOUS AFFAIBLIR, ET À TRAVERS VOUS ON CHERCHE À M'ATTEINDRE!!
EXCELLENTE DÉDUCTION!
SEULEMENT, CETTE FOIS, LE PUISSANT SORCIER NE BÉNÉFICIE PAS DE L'EFFET DE SURPRISE!!...
AU CONTRAIRE, IL A PLONGÉ TÊTE BAISSÉE DANS LE PIÈGE QUE JE LUI AI TENDU...
JE NE VOUS CONSEILLE PAS DE TENTER DE SORTIR DE CE CAUCHEMAR...
VOUS FERIEZ UNE CHUTE MORTELLE!!
VOUS VOYEZ LA BAIE VITRÉE JUSTE EN FACE DE NOUS!?...
...NOUS N'AVONS PAS D'AUTRE CHOIX, IL VA FALLOIR COURIR LE PLUS VITE POSSIBLE ET PLONGER AU TRAVERS SANS HÉSITER...

MAINTENANT, JE DOIS VOUS LAISSER !...
IL ME FAUT RÉCUPÉRER UN OBJET QUI N'AURAIT JAMAIS DÛ TOMBER ENTRE VOS MAINS !!

SWAMB!
HHAAA
SNAP!
J'AI ÉCHOUÉ ...
... L'HOMME-TONNERRE S'EST EMPARÉ D'ITZLAPALOTL!

MESCALITO A CHOISI LA VOIE DU RÊVE...
JE NE MARCHAIS PAS DANS LE MONDE DES ESPRITS...
IL Y AVAIT UNE PYRAMIDE IMMENSE DRESSÉE CONTRE LE CRÉPUSCULE...
MESCALITO A CHUCHOTÉ À MON OREILLE, XOCO N'A PLUS LE COUTEAU...
ITZLAPALOTL EST MAINTENANT À L'INTÉRIEUR D'UN SANCTUAIRE AU SOMMET DE LA PYRAMIDE...
DES DIABLEROS*, DES YORIS, VEULENT OUVRIR LA BRÈCHE D'ENTRE LES MONDES !...
L'ÂME DE CES HOMMES EST SEMBLABLE AUX RUINES QUE J'AI CONTEMPLÉES !
NOUS DEVONS AGIR SANS TARDER, ALLER À NEW YORK, RETROUVER XOCO !...
...IL Y A LÀ BAS UN ENDROIT QUE NOUS POUVONS ENCORE COMPRENDRE, OÙ NOUS POUVONS ÊTRE FORTS...
UN ENDROIT QUI RÉSONNE COMME UN COEUR PUISSANT BATTANT DANS LA POITRINE D'UN MORT !...
C'EST LÀ...
...QUE XOCO VA ALLER ! C'EST LÀ QUE NOUS SERONS À NOUVEAU RÉUNIS !

*Sorciers

interpellé dans Beech Wood Square, le patient a été conduit à l'hôpital Rafferson, et confié à mes soins.

Il traverse actuellement un épisode délirant, dont les thèmes et les mécanismes, par leur multiplicité, indiquent sans conteste une schizophrénie aiguë. Il est d'ores et déjà établi que le facteur déclenchant est la prise massive de Mescaline, alcaloïde extrait du Peyotl. Précisons qu'au délire du patient s'associent des troubles de l'humeur, phases d'excitation et d'angoisse se succédant.

Comme il est courant en pareil cas, le délire est difficile à comprendre et à suivre, voire tout à fait incohérent. L'on note chez cet homme un mélange d'interprétations et d'intuitions délirantes. Ses hallucinations affectent l'ensemble des appareils sensoriels de manière intense. La thématique délirante est étonnamment riche.

Ainsi, le malade a la conviction injustifiée qu'on lui veut du mal. Des "diableros" le poursuivent sans relâche, aussi bien dans notre monde que dans celui des "esprits". Ils le guettent et veulent vider son cerveau de la moindre de ses pensées. Par ailleurs, il est question d'une injustice. Le malade, lieutenant de police, aurait été dessaisi d'une affaire qu'il estime loin d'être close. En fait, il vient d'être muté à Seattle, état de Washington, avec une progression notable au tableau d'avancement.

Parfois, le patient éprouve la sensation de courants magnétiques parcourant son être. S'ensuit une période de dépersonnalisation liée à une perte de l'identité corporelle. Le patient dit qu'il ne perçoit plus les limites de son corps, que celui-ci ne lui appartient plus. Cette expérience, tout d'abord terriblement angoissante pour lui, ouvre la plupart du temps sur une phase d'excitation accompagnée du sentiment d'évoluer dans un autre univers que le nôtre.

Bien sûr, le malade n'a pas conscience du caractère pathologique de son état. Il est intimement persuadé de la réalité de ses expériences. Je pense qu'il pourrait être dangereux pour son entourage, voire pour lui-même. D'où la nécessité de le traiter contre son gré, avec accord préalable des autorités.

A ce stade, mon pronostic quant à l'évolution de son cas est défavorable. Dans les semaines à venir, nous devrions assister à une résolution complète de la phase aiguë de sa schizophrénie, mais celle-ci devrait conduire

Conformément au pronostic avancé par le professeur Guttman, la schizophrénie aiguë du malade qu'il nous a confié s'est transformée en schizophrénie chronique.

Monsieur Vincente Lazzari, âgé de 47 ans, a été transféré du service d'isolement de l'hôpital général Rafferson, à New York, où il est resté 18 jours, dans notre asile. Son internement a été ordonné pour le motif suivant : "agitation incoercible, propos morbides et mystiques, déshydratation fébrile".

Dans notre service, durant trois semaines environ, cette personne, chez qui alternait prostration et fébrilité intense, s'exprimait tantôt d'une voix chuchotée, presque inaudible, tantôt, à l'inverse, avec logorrhée et grands éclats de voix. Débraillé, décoiffé, Monsieur Lazzari paraissait plus soliloquer que véritablement dialoguer.

Lorsqu'il répondait aux questions, il existait pourtant une relation entre la teneur des demandes et celle de ses réponses. Hélas, celles-ci se perdaient très vite en considérations peu compréhensibles.

Lors de ses périodes d'agitation, Monsieur Lazzari a été plusieurs fois en proie à une terreur indicible. Son regard était fixe, et il se tordait convulsivement les mains, tout en répétant que "les Enfants de l'Aube marchaient dans son esprit, et qu'ils dévoraient son âme".

Lors de ces mêmes périodes, Monsieur Lazzari s'est avéré incapable de s'orienter dans le temps et dans l'espace. De manière générale, il ne pouvait préciser la chronologie des événements ou sa biographie.

Au cours de l'anamnèse, il nous a été impossible de découvrir les raisons qui ont poussé le sujet à s'adonner brusquement à la drogue, puisqu'il semble acquis que cette expérience était la première.

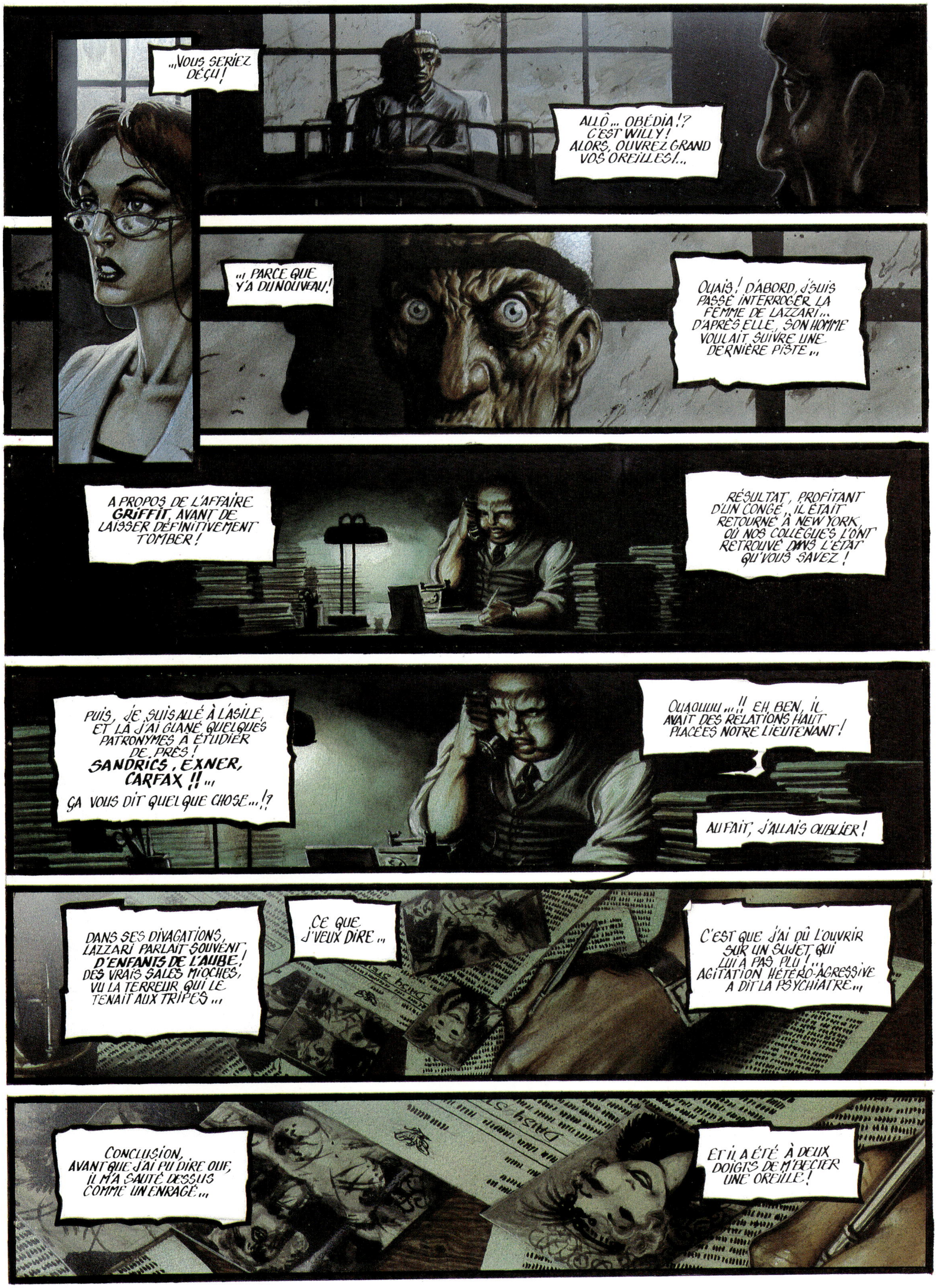
...VOUS SERIEZ DÉÇU !
ALLÔ... OBÉDIA !? C'EST WILLY ! ALORS, OUVREZ GRAND VOS OREILLES !...
... PARCE QUE Y'A DU NOUVEAU !
OUAIS ! D'ABORD, J'SUIS PASSÉ INTERROGER LA FEMME DE LAZZARI... D'APRÈS ELLE, SON HOMME VOULAIT SUIVRE UNE DERNIÈRE PISTE...
A PROPOS DE L'AFFAIRE GRIFFIT, AVANT DE LAISSER DÉFINITIVEMENT TOMBER !
RÉSULTAT, PROFITANT D'UN CONGÉ, IL ÉTAIT RETOURNÉ À NEW YORK, OÙ NOS COLLÈGUES L'ONT RETROUVÉ DANS L'ÉTAT QU'VOUS SAVEZ !
PUIS, JE SUIS ALLÉ À L'ASILE, ET LÀ J'AI GLANÉ QUELQUES PATRONYMES À ÉTUDIER DE PRÈS ! SANDRICS, EXNER, CARFAX !!... ÇA VOUS DIT QUELQUE CHOSE... !?
OUAOUUU... !! EH BEN, IL AVAIT DES RELATIONS HAUT PLACÉES NOTRE LIEUTENANT !
AU FAIT, J'ALLAIS OUBLIER !
DANS SES DIVAGATIONS, LAZZARI PARLAIT SOUVENT D'ENFANTS DE L'AUBE ! DES VRAIS SALES MIOCHES, VU LA TERREUR QUI LE TENAIT AUX TRIPES...
CE QUE J'VEUX DIRE...
C'EST QUE J'AI DÛ L'OUVRIR SUR UN SUJET QUI LUI A PAS PLU !... AGITATION HÉTÉRO-AGRESSIVE A DIT LA PSYCHIATRE...
CONCLUSION, AVANT QUE J'AI PU DIRE OUF, IL M'A SAUTÉ DESSUS COMME UN ENRAGÉ...
ET IL A ÉTÉ À DEUX DOIGTS DE M'BECTER UNE OREILLE !

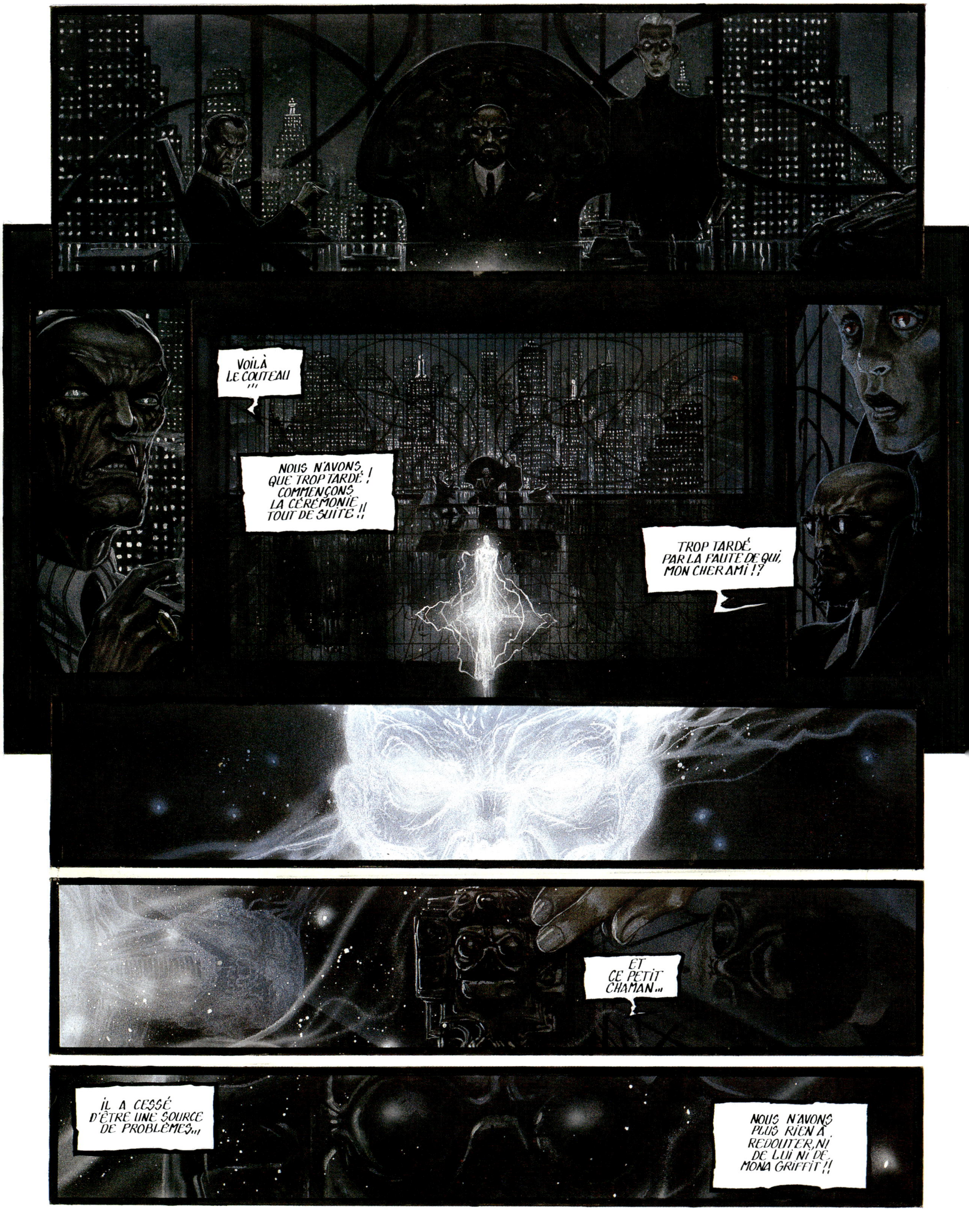
VOILÀ LE COUTEAU !!!
NOUS N'AVONS QUE TROP TARDÉ ! COMMENÇONS LA CÉRÉMONIE TOUT DE SUITE !!
TROP TARDÉ PAR LA FAUTE DE QUI, MON CHER AMI !?
ET CE PETIT CHAMAN...
IL A CESSÉ D'ÊTRE UNE SOURCE DE PROBLÈMES...
NOUS N'AVONS PLUS RIEN À REDOUTER, NI DE LUI NI DE MONA GRIFFIT !!

VOUS ÊTES SÛRE DE NE PAS VOULOIR VOIR UN MÉDECIN !?
C'EST INUTILE, JE VOUS REMERCIE...!
JE ME SENS DÉJÀ MIEUX ! J'AI SIMPLEMENT BESOIN D'UN GROG BIEN CHAUD...
ET D'UNE BONNE NUIT DE REPOS !
AINSI, C'EST ELLE VOTRE FAMEUSE TANTE LUCIE ! ... ELLE A EN EFFET BEAUCOUP DE CHARME...
MAIS POURQUOI LUI AVOIR DONNÉ CE NOM, LA "SANTA LUCIANA"...?
UNE IDÉE BIZARRE DE MON PÈRE !...
EN FAIT, JE SAIS JUSTE QU'À L'ORIGINE IL S'AGISSAIT D'UN GALION ESPA...
ILS VOUS ONT REPRIS LE COUTEAU PAS VRAI !?...

CE N'ÉTAIT PAS LA PEINE DE QUITTER TES COLLINES POUSSIÉREUSES POUR ÊTRE MIS EN ÉCHEC DE CETTE MANIÈRE, TU N'CROIS PAS, L'INDIEN ?!
SE FROTTER À LA CIVILISATION, C'EST AUTRE CHOSE QUE...
... DE S'ENVOYER EN L'AIR EN MACHANT DU PEYOTL ALLONGÉ SOUS UN CIEL ÉTOILÉ...
... TON BENEFACTOR AURAIT DÛ TE METTRE AU PARFUM !!
MORGAN !? QU'EST-CE QUE VOUS FAITES ICI, APRÈS TOUTES CES ANNÉES !?
JE COMPRENDS TA SURPRISE, MA BELLE ! C'EST SEULEMENT CE FOUTU PASSÉ...
... QUE J'AURAIS VOULU VOIR À JAMAIS ENGLOUTI, QUI REFAIT SURFACE...
VOUS CONNAISSEZ CET INDIVIDU !?
ÇA VA, CALMEZ-VOUS ! C'EST UN ANCIEN AMI DE MON PÈRE...
SI J'ÉTAIS VOUS, JE ME MÉFIERAIS...
MORGAN, C'EST INSENSÉ. COMMENT AVEZ-VOUS SU QUE JE VENAIS ICI !?
J'ÉTAIS EN BAS DE TON IMMEUBLE LORSQUE VOUS VOUS ÊTES ENFUIS JUSQU'À LA GARE...
OÙ IL M'A ÉTÉ FACILE DE DEVINER OÙ TU ALLAIS TROUVER REFUGE ! LE RESTE, JE TE LE DIRAIS À L'INTÉRIEUR...
DU MOINS SI TU TE DÉCIDES À M'INVITER À ENTRER !...

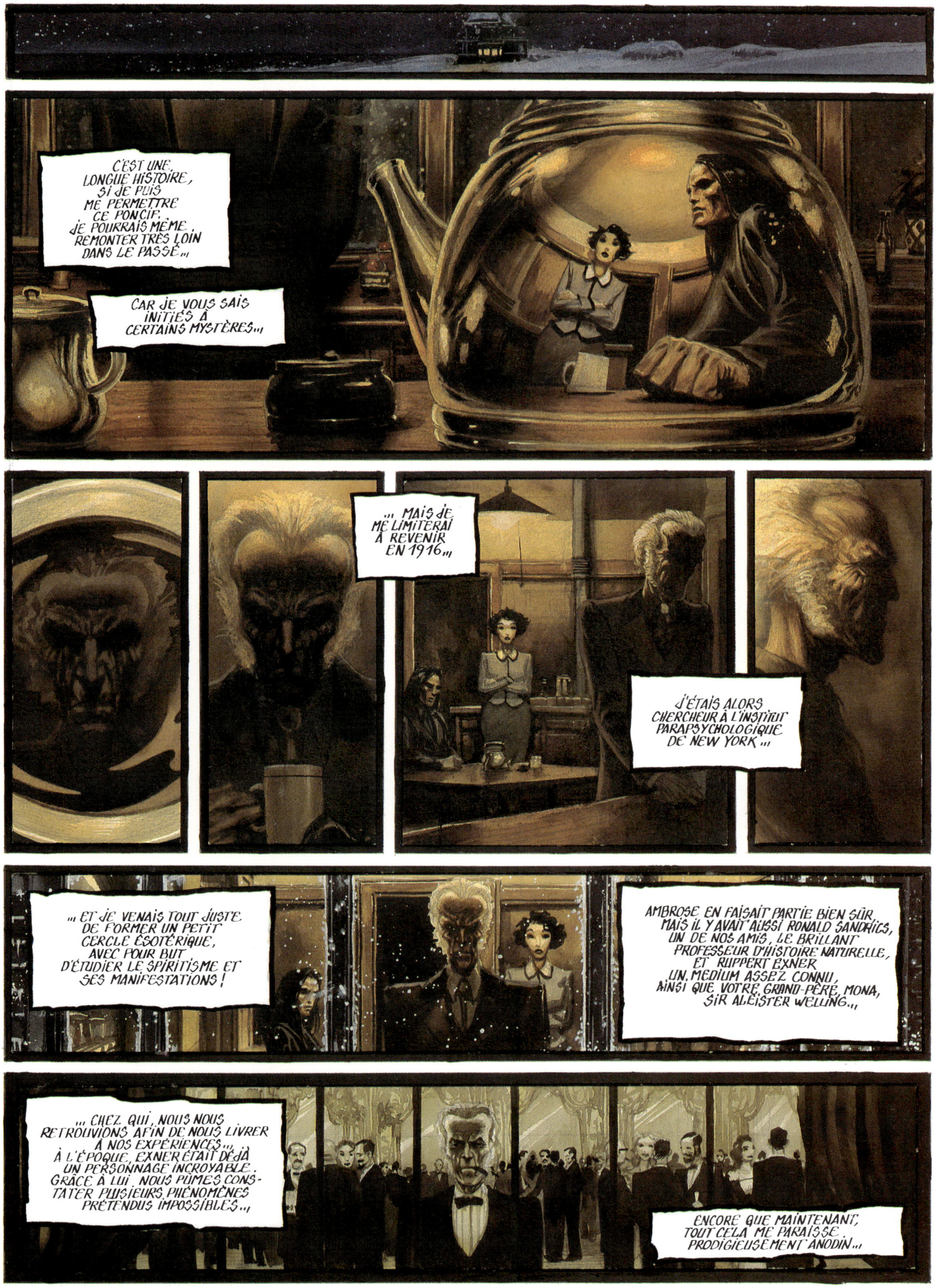
C'EST UNE LONGUE HISTOIRE, SI JE PUIS ME PERMETTRE CE PONCIF. JE POURRAIS MÊME REMONTER TRÈS LOIN DANS LE PASSÉ...
CAR JE VOUS SAIS INITIÉS À CERTAINS MYSTÈRES...
... MAIS JE ME LIMITERAI À REVENIR EN 1916...
J'ÉTAIS ALORS CHERCHEUR À L'INSTITUT PARAPSYCHOLOGIQUE DE NEW YORK...
... ET JE VENAIS TOUT JUSTE DE FORMER UN PETIT CERCLE ÉSOTÉRIQUE, AVEC POUR BUT D'ÉTUDIER LE SPIRITISME ET SES MANIFESTATIONS !
AMBROSE EN FAISAIT PARTIE BIEN SÛR, MAIS IL Y AVAIT AUSSI RONALD SANDRICS, UN DE NOS AMIS, LE BRILLANT PROFESSEUR D'HISTOIRE NATURELLE, ET RUPPERT EXNER UN MÉDIUM ASSEZ CONNU, AINSI QUE VOTRE GRAND-PÈRE, MONA, SIR ALEISTER WELLING...
... CHEZ QUI, NOUS NOUS RETROUVIONS AFIN DE NOUS LIVRER À NOS EXPÉRIENCES... À L'ÉPOQUE, EXNER ÉTAIT DÉJÀ UN PERSONNAGE INCROYABLE. GRÂCE À LUI, NOUS PÛMES CONSTATER PLUSIEURS PHÉNOMÈNES PRÉTENDUS IMPOSSIBLES...
ENCORE QUE MAINTENANT, TOUT CELA ME PARAISSE PRODIGIEUSEMENT ANODIN...

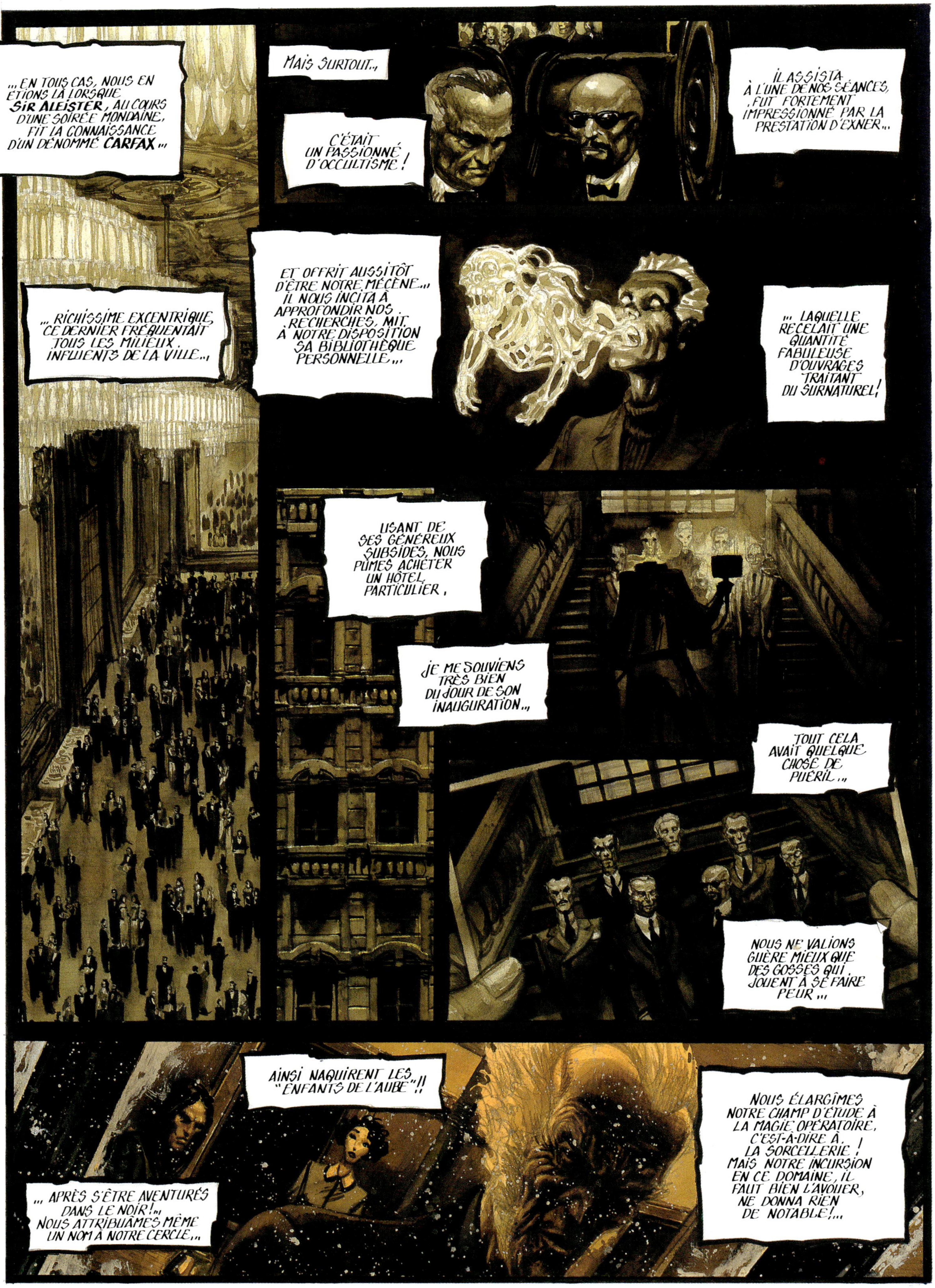
... EN TOUS CAS, NOUS EN ÉTIONS LÀ LORSQUE SIR ALEISTER, AU COURS D'UNE SOIRÉE MONDAINE, FIT LA CONNAISSANCE D'UN DÉNOMMÉ CARFAX ...
... RICHISSIME EXCENTRIQUE, CE DERNIER FRÉQUENTAIT TOUS LES MILIEUX INFLUENTS DE LA VILLE ...
MAIS SURTOUT...
C'ÉTAIT UN PASSIONNÉ D'OCCULTISME !
IL ASSISTA À L'UNE DE NOS SÉANCES, FUT FORTEMENT IMPRESSIONNÉ PAR LA PRESTATION D'EXNER...
ET OFFRIT AUSSITÔT D'ÊTRE NOTRE MÉCÈNE... IL NOUS INCITA À APPROFONDIR NOS RECHERCHES, MIT À NOTRE DISPOSITION SA BIBLIOTHÈQUE PERSONNELLE...
... LAQUELLE RECELAIT UNE QUANTITÉ FABULEUSE D'OUVRAGES TRAITANT DU SURNATUREL !
USANT DE SES GÉNÉREUX SUBSIDES, NOUS PÛMES ACHETER UN HÔTEL PARTICULIER,
JE ME SOUVIENS TRÈS BIEN DU JOUR DE SON INAUGURATION...
TOUT CELA AVAIT QUELQUE CHOSE DE PUÉRIL...
NOUS NE VALIONS GUÈRE MIEUX QUE DES GOSSES QUI JOUENT À SE FAIRE PEUR...
... APRÈS S'ÊTRE AVENTURÉS DANS LE NOIR !... NOUS ATTRIBUÂMES MÊME UN NOM À NOTRE CERCLE...
AINSI NAQUIRENT LES "ENFANTS DE L'AUBE" !!
NOUS ÉLARGÎMES NOTRE CHAMP D'ÉTUDE À LA MAGIE OPÉRATOIRE, C'EST-À-DIRE À LA SORCELLERIE ! MAIS NOTRE INCURSION EN CE DOMAINE, IL FAUT BIEN L'AVOUER, NE DONNA RIEN DE NOTABLE !...

CARFAX NOUS PRÉSENTA ALORS EGON TCHEVSKY...
LE PROFESSEUR TCHEVSKY!?
OUI... EN FAIT, CARFAX NOUS L'IMPOSA!...
GRÂCE À LUI, NOS EXPÉRIENCES PRIRENT UNE TOUTE AUTRE DIMENSION...
ET ABOUTIRENT À DES RÉSULTATS VRAIMENT IMPRESSIONNANTS!
HÉLAS, L'ON NE PÉNÈTRE PAS DANS LE MONDE OBSCUR IMPUNÉMENT...
L'ON N'ACQUIERT PAS CERTAINS POUVOIRS SANS EN PAYER LE PRIX!
EN L'ESPACE D'UNE ANNÉE SEULEMENT, TCHEVSKY DEVINT UNE SORTE D'INQUIÉTANT MAÎTRE DE CÉRÉMONIE...
ESTIMANT QUE NOUS ÉTIONS ALLÉS BEAUCOUP TROP LOIN, JE QUITTAI LE GIRON DES ENFANTS DE L'AUBE!
C'EST ALORS QU'EN 1920...
DES CHERCHEURS DE TRÉSORS PROFESSIONNELS TROUVÈRENT L'ÉPAVE D'UN GALION AU FOND DES EAUX DU GOLFE DU MEXIQUE...
TRAVAILLANT POUR EUX, AMBROSE MIT LA MAIN SUR UN COFFRE SCELLÉ, À L'INTÉRIEUR DUQUEL ATTENDAIT ITZLAPALOTL!

AMBROSE AVAIT DÉCIDÉ DE TAIRE SON INQUIÉTANTE DÉCOUVERTE AUX AUTRES...
...ENFANTS DE L'AUBE, EN CONSÉQUENCE DE QUOI...
IL ENTAMAIT UNE PARTIE DE CACHE-CACHE INFINIMENT DANGEREUSE...
CAR CES DERNIERS VIVAIENT DÉSORMAIS EN CERCLE FERMÉ, LIÉS PAR D'EFFRAYANTS SECRETS...
... SOUS L'EMPRISE QUASI CONSTANTE DE DROGUES QUI, SI ELLES LES GUIDAIENT TOUJOURS PLUS LOIN SUR LES CHEMINS D'UN NOIR SAVOIR...
LES PLONGEAIENT AUSSI, PEU À PEU, DANS UN UNIVERS D'ABSOLUE DÉMENCE !!
ÇA Y EST ! CES ENFOIRÉS ONT MORDU À L'APPÂT ! MÊME POUR DIX ANS DE SALAIRE, EN CE MOMENT JE N'VOUDRAIS PAS ÊTRE...
...À LA PLACE DE BANCROFT !!
VRAI, CETTE AFFAIRE A TOUJOURS SENTI LE COUP SALEMENT TORDU...
VA FALLOIR LA JOUER SERRÉE SI ON VEUT S'EN TIRER SANS...
GRABUGE !!

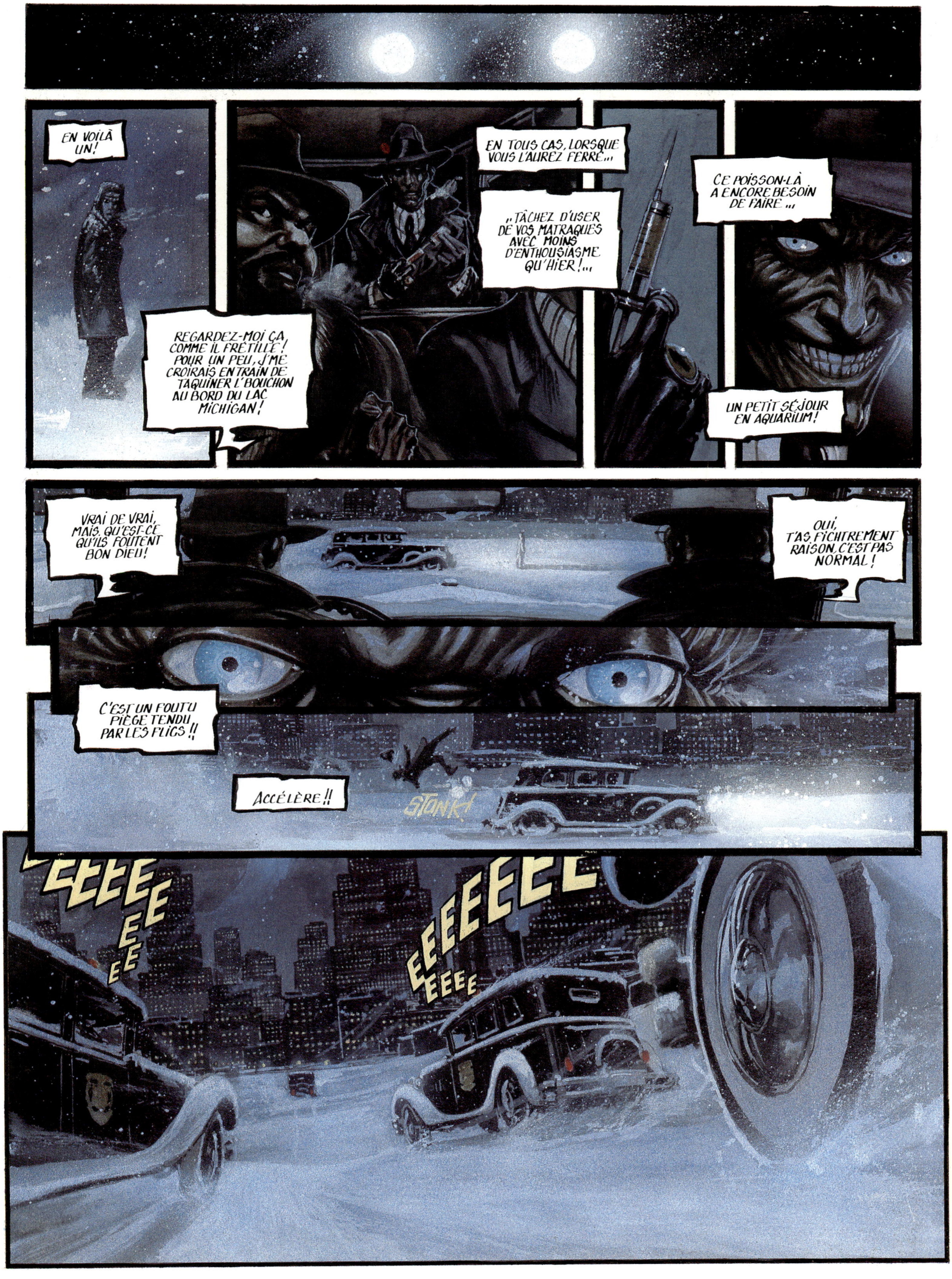
EN VOILÀ UN!
EN TOUS CAS, LORSQUE VOUS L'AUREZ FERRÉ...
...TÂCHEZ D'USER DE VOS MATRAQUES AVEC MOINS D'ENTHOUSIASME QU'HIER!...
REGARDEZ-MOI ÇA COMME IL FRÉTILLE! POUR UN PEU, J'ME CROIRAIS EN TRAIN DE TAQUINER L'BOUCHON AU BORD DU LAC MICHIGAN!
CE POISSON-LÀ A ENCORE BESOIN DE FAIRE...
UN PETIT SÉJOUR EN AQUARIUM!
VRAI DE VRAI, MAIS, QU'EST-CE QU'ILS FOUTENT BON DIEU!
OUI, T'AS FICHTREMENT RAISON, C'EST PAS NORMAL!
C'EST UN FOUTU PIÈGE TENDU PAR LES FLICS!!
ACCÉLÈRE!!
STONK!
EEEEEE
EEEEEEE

* Langue parlée par les aztèques.

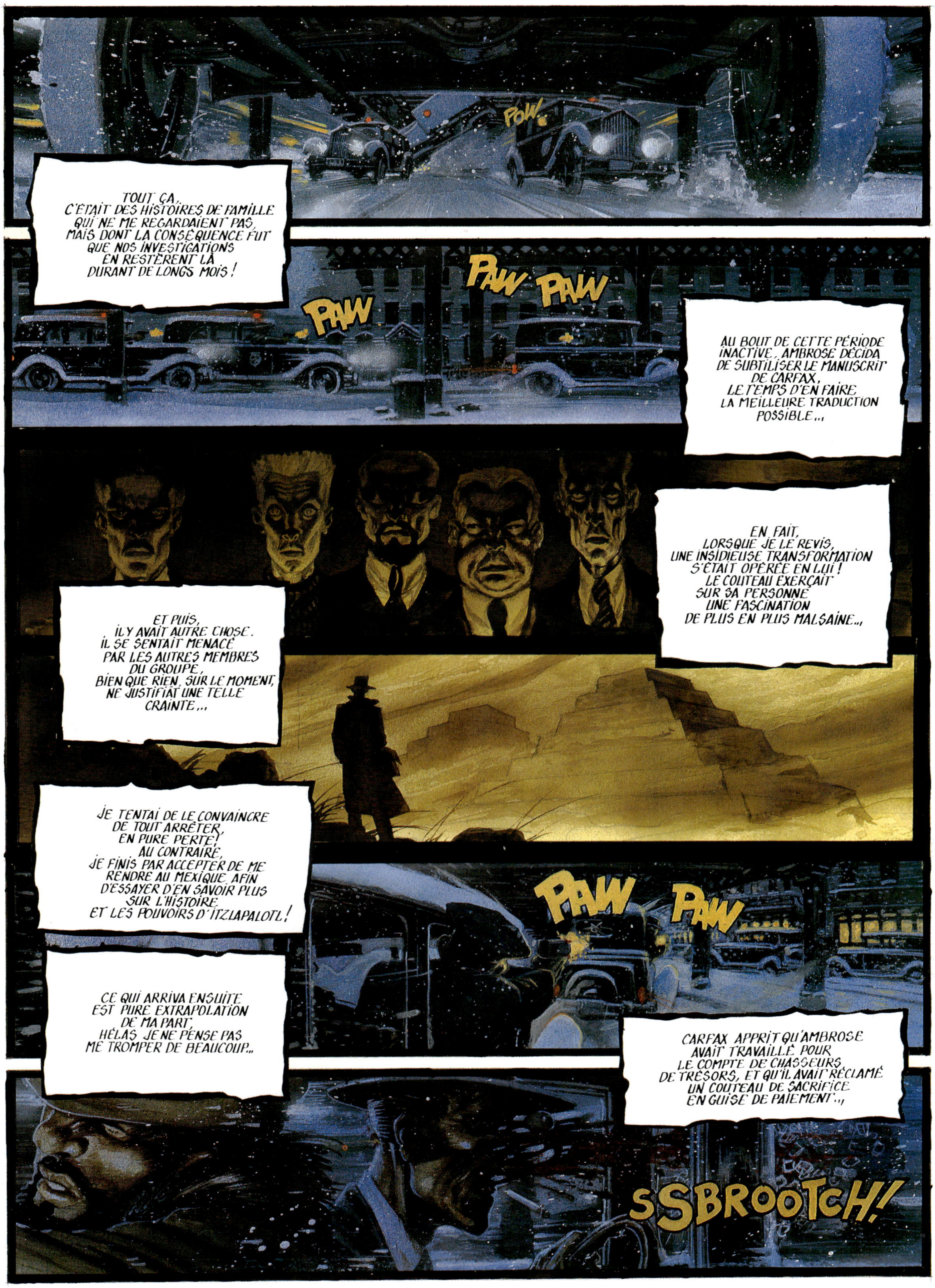
POW
TOUT ÇA, C'ÉTAIT DES HISTOIRES DE FAMILLE QUI NE ME REGARDAIENT PAS, MAIS DONT LA CONSÉQUENCE FUT QUE NOS INVESTIGATIONS EN RESTÈRENT LÀ DURANT DE LONGS MOIS !
PAW
PAW PAW
AU BOUT DE CETTE PÉRIODE INACTIVE, AMBROSE DÉCIDA DE SUBTILISER LE MANUSCRIT DE CARFAX, LE TEMPS D'EN FAIRE LA MEILLEURE TRADUCTION POSSIBLE...
EN FAIT, LORSQUE JE LE REVIS, UNE INSIDIEUSE TRANSFORMATION S'ÉTAIT OPÉRÉE EN LUI ! LE COUTEAU EXERÇAIT SUR SA PERSONNE UNE FASCINATION DE PLUS EN PLUS MALSAINE...
ET PUIS, IL Y AVAIT AUTRE CHOSE. IL SE SENTAIT MENACÉ PAR LES AUTRES MEMBRES DU GROUPE, BIEN QUE RIEN, SUR LE MOMENT, NE JUSTIFIÂT UNE TELLE CRAINTE...
JE TENTAI DE LE CONVAINCRE DE TOUT ARRÊTER, EN PURE PERTE ! AU CONTRAIRE, JE FINIS PAR ACCEPTER DE ME RENDRE AU MEXIQUE AFIN D'ESSAYER D'EN SAVOIR PLUS SUR L'HISTOIRE ET LES POUVOIRS D'ITZLAPALOTL !
PAW
PAW
CE QUI ARRIVA ENSUITE EST PURE EXTRAPOLATION DE MA PART, HÉLAS JE NE PENSE PAS ME TROMPER DE BEAUCOUP...
CARFAX APPRIT QU'AMBROSE AVAIT TRAVAILLÉ POUR LE COMPTE DE CHASSEURS DE TRÉSORS, ET QU'IL AVAIT RÉCLAMÉ UN COUTEAU DE SACRIFICE EN GUISE DE PAIEMENT...
SSBROOTCH !

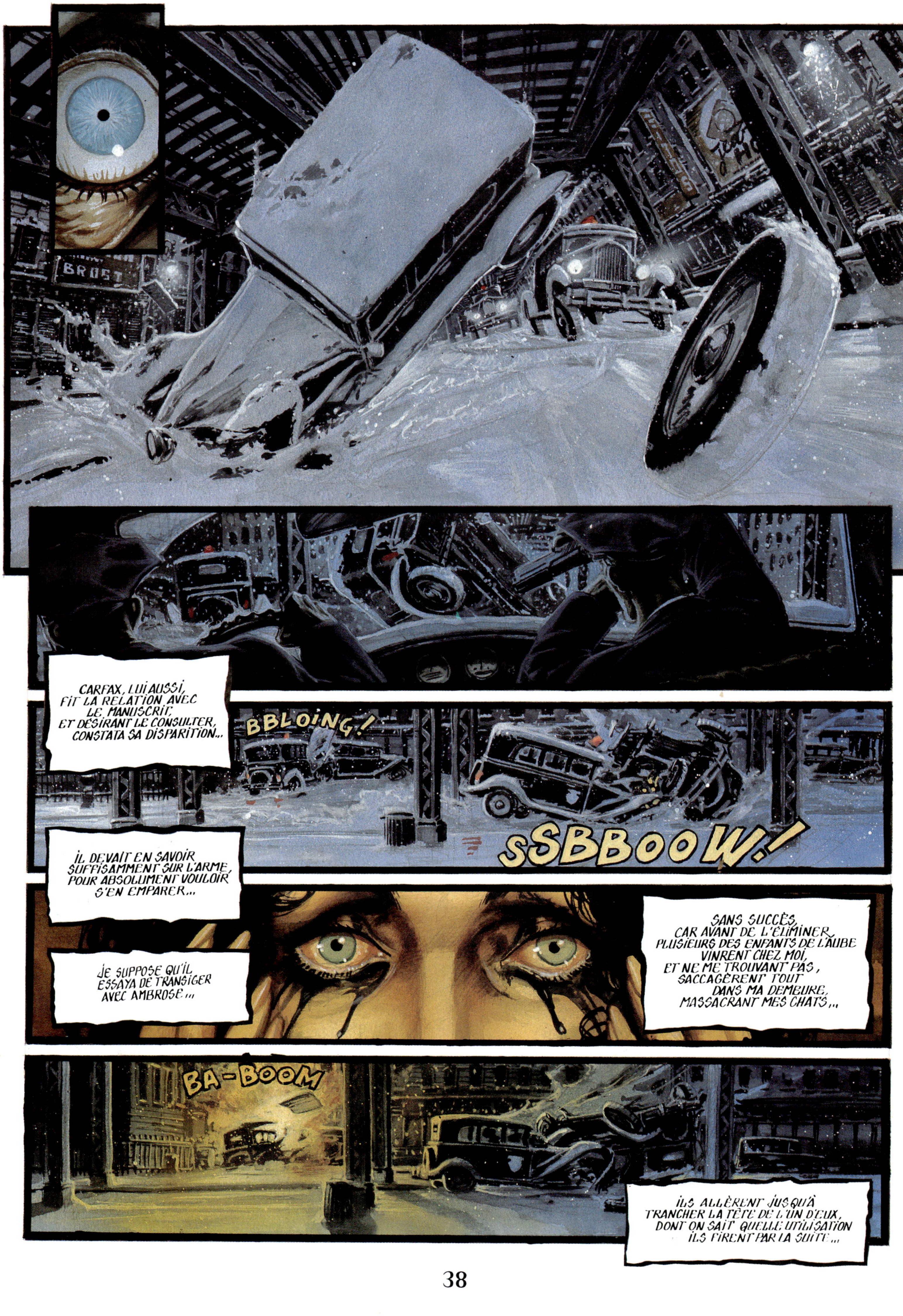
BROST
CARFAX, LUI AUSSI, FIT LA RELATION AVEC LE MANUSCRIT, ET DÉSIRANT LE CONSULTER, CONSTATA SA DISPARITION...
BBLOING!
IL DEVAIT EN SAVOIR SUFFISAMMENT SUR L'ARME, POUR ABSOLUMENT VOULOIR S'EN EMPARER...
SSBBOOW!
JE SUPPOSE QU'IL ESSAYA DE TRANSIGER AVEC AMBROSE...
SANS SUCCÈS, CAR AVANT DE L'ÉLIMINER, PLUSIEURS DES ENFANTS DE L'AUBE VINRENT CHEZ MOI, ET NE ME TROUVANT PAS, SACCAGÈRENT TOUT DANS MA DEMEURE, MASSACRANT MES CHATS...
BA-BOOM
ILS ALLÈRENT JUSQU'À TRANCHER LA TÊTE DE L'UN D'EUX, DONT ON SAIT QUELLE UTILISATION ILS FIRENT PAR LA SUITE...

SKREEE
À MON RETOUR, JE DÉTENAIS DES INFORMATIONS SUSCEPTIBLES DE PERSUADER AMBROSE DE LAISSER **ITZLAPALOTL** À SA LÉTHARGIE, MAIS HÉLAS TROP TARD !...
JE REÇUS À MON TOUR UNE PETITE VISITE !...
SEULEMENT, AU COURS DE MON PÉRIPLE À TRAVERS TOUT LE SUD-OUEST DU PAYS, DE L'ARIZONA EN PASSANT PAR LE MEXIQUE, J'AVAIS ACQUIS QUELQUES CONNAISSANCES, ET J'ÉTAIS PRÊT À ME BATTRE...
NI **SANDRICS**, NI **EXNER**, NI MÊME **TCHEVSKY** NE PURENT PÉNÉTRER SUR MON TERRITOIRE, MÊME SI UN MOMENT JE FUS PRÊT DE SUCCOMBER. DU COUP, ILS ABANDONNÈRENT LA PARTIE...
LE PROBLÈME, C'EST QU'IL Y A DES SOUVENIRS QUI PEUVENT POURRIR INDÉFINIMENT JUSQU'À EMPUANTIR VOTRE ÂME, JUSQU'À CE QUE LA NAUSÉE DEVIENNE VOTRE UNIQUE COMPAGNE, DES SOUVENIRS QUI PEUVENT VOUS HANTER JUSQU'À VOTRE MORT...
ALORS, PLUS TARD, LORSQUE J'AI EU CONNAISSANCE DE LA MANIÈRE DONT CERTAINS NEW-YORKAIS SE FAISAIENT TRUCIDER, J'AI ÉTÉ PRIS D'UNE FURIEUSE ENVIE DE SAVOIR DE QUOI IL RETOURNAIT. MA PETITE ENQUÊTE M'A AMENÉ À RELEVER VOTRE PISTE...
ET MAINTENANT, QU'EST-CE QUE VOUS COMPTEZ FAIRE !?
MAINTENANT !? EH BIEN, LA CHOSE PARAÎT ÉVIDENTE ! BIEN QUE NOS PHILOSOPHIES DE L'EXISTENCE DIVERGENT, L'INDIEN, NOUS ALLONS OEUVRER ENSEMBLE AFIN DE FAIRE CRACHER LEUR BULLETIN DE NAISSANCE À CES ORDURES **IMMONDES** !!

C'EST BIEN DE M'AVOIR OFFERT UN NOUVEAU CORPS !
NE TE RÉJOUIS PAS TROP VITE, POUR L'INSTANT NOUS NE T'AVONS RIEN OFFERT DU TOUT !
NOUS VOULONS CONCLURE UN PACTE AVEC TOI, ITZLAPALOTL !...
D'AILLEURS, AU MOINDRE GESTE, EXNER SE FERA UN PLAISIR DE REFERMER LA PORTE DE TA CHARMANTE PRISON !
À QUI CROYEZ-VOUS PARLER, MISÉRABLES LARVES !?
NOUS SOMMES EN MESURE DE FAIRE CE QU'AUCUN DE TES PRÊTRES N'A JAMAIS EU LA FACULTÉ D'ENTREPRENDRE !...
CE QUE MÊME TOI EST INCAPABLE D'ACCOMPLIR !!

SSKKCCCRRRR
QU'ESPÉREZ-VOUS EN ÉCHANGE !?...
TU ES L'INCARNATION D'UNE BARBARIE À LAQUELLE NOUS ASPIRONS DU PLUS PROFOND DE NOS ÊTRES !...
TU ES CETTE PART ORIGINELLE DE NOUS MÊMES ...
TU ES CETTE PRIMITIVE NOIRCEUR EN NOS ÂMES ...
... QUE LA CIVILISATION VOUDRAIT ÉRADIQUER, ET QU'ELLE ÉTOUFFE À FORCE D'HYPOCRISIE ...
NOUS VOULONS ÊTRE LES CAVALIERS DE L'APOCALYPSE ...
METTRE CE MONDE À FEU ET À SANG ...
... FAIRE DE CETTE TERRE UNE SPHÈRE CRÉPUSCULAIRE AFIN D'EN ÊTRE LES MAÎTRES IMPITOYABLES !
NOUS VOULONS T'ÉLEVER UN TEMPLE ENTRE LES ÉTOILES ...
... ÉPANCHER TA SOIF INSATIABLE SUR L'AUTEL D'UN UNIVERS SÉPULCRAL !!
SI VOUS AVEZ LE POUVOIR D'AGRANDIR SUFFISAMMENT LA BRÈCHE, ET DE LA MAINTENIR BÉANTE JUSQU'À CE QUE JE LA FRANCHISSE, ALORS, NOUS FESTOIERONS ENSEMBLE DURANT LE RESTE DE L'ÉTERNITÉ ...
... J'EN FAIS LE SERMENT !!

...APRÈS TON COUP DE FIL, J'AI AUSSITÔT CONTACTÉ UN AMI AUX FICHIERS !...
DE L'ÉPLUCHAGE DES DOSSIERS QUI NOUS INTÉRESSAIENT, IL EST RESSORTI QUE CARFAX, EXNER ET SANDRICS FAISAIENT PARTIE DE LA MÊME ASSOCIATION...
LES ENFANTS DE L'AUBE...
...UN GROUPE DE RECHERCHES PARAPSYCHOLOGIQUES TOUT CE QU'IL Y A DE LÉGAL, AUQUEL APPARTENAIT GRIFFIT AVANT DE PASSER L'ARME À GAUCHE !...
SUR LE COUP, C'ÉTAIT TROP GROS POUR QUE JE FASSE VRAIMENT ATTENTION AUX AUTRES MEMBRES DU CERCLE...
AVEC CARFAX, LE MÉCÈNE, RICHE INDUSTRIEL...
...ÉMINENCE GRISE DU MAIRE DE NEW YORK, EXNER, L'EXTRALUCIDE EXCENTRIQUE AYANT PIGNON SUR RUE...
SANDRICS, L'ANCIEN ET RESPECTABLE MAÎTRE D'UNIVERSITÉ, PLUS GRIFFIT, L'ARCHÉOLOGUE, LA BROCHETTE ÉTAIT DÉJÀ SUFFISAMMENT SAVOUREUSE !...
NOUS DEVONS ALLER À CENTRAL PARK, C'EST LÀ QUE...
JE SAIS, TE FATIGUE PAS, TES FRÈRES DE SANG Y SONT DÉJÀ, MÊME QU'ILS NOUS ATTENDENT !
J'EN ÉTAIS LÀ DE MES INVESTIGATIONS LORSQUE L'AFFAIRE DES CLOCHARDS TOURNA AU VINAIGRE ! LE PIÈGE TENDU AUX RAVISSEURS FUT UN FIASCO ! S'ENSUIVIT UNE COURSE-POURSUITE DANS LES RUES DE BROOKLYN...
ET AU BOUT DU COMPTE, UN SACRÉ GÂCHIS ! CINQ DES NÔTRES AD PATRES, DONT LE FILS DU PATRON DE LA "CRIMINELLE" À MANHATTAN, UN JEUNE BLEU FRAIS ÉMOULU DE L'ACADÉMIE, BRÛLÉ VIF DANS SON VÉHICULE !...

...PARMI LES POURSUIVIS, DEUX DE CLAMSÉS, UN EN FUITE, ET LE DERNIER, HÉLAS POUR LUI, JUSTE BLESSÉ. APRÈS UN INTERROGATOIRE PLUTÔT MUSCLÉ, LE GARS A CRACHÉ LE NOM DU FUYARD! DEVINE DE QUI IL S'AGISSAIT !?
SANDRICS ! PERQUISITION IMMÉDIATE AU DOMICILE DE CE FUMIER, AVEC TOUTE LATITUDE POUR AGIR, EU ÉGARD AUX PERTES SUBIES DANS LA MATINÉE...
ON DÉBOULE ! LE DOMICILE EN QUESTION, C'ÉTAIT TOUT SIMPLEMENT L'HÔTEL PARTICULIER QUI SERVAIT DE LIEU DE RÉUNION AUX ENFANTS DE L'AUBE !... DANS LA CAVE, NOS GARS ONT TROUVÉ UNE CHAUDIÈRE À CHARBON, ET DEDANS...
LES RESTES CALCINÉS DE PLUSIEURS CORPS ! ET CE N'EST PAS TOUT ! À L'ÉTAGE, PAS DE SANDRICS BIEN SÛR...
MAIS BIEN RANGÉS DANS DES BOCAUX, FLOTTANT DANS LE FORMOL, DES YEUX... DES YEUX QUI AVAIENT APPARTENU À DES GENS...
...COMME TOI ET MOI JUSTE AVANT QU'UN TORDU NE PRENNE SON PIED À LES CREVER AVEC UN STYLET, POUR ENSUITE EN FAIRE UNE FOUTUE COLLECTION !!
CE QUI M'AMÈNE À PARLER ENCORE D'UNE AUTRE AFFAIRE, CELLE DU MEURTRE DE DAISY STEINBERG, 22 ANS, PLUTÔT MIGNONNE, QU'ON A RETROUVÉE ASSASSINÉE DANS SON APPARTEMENT, MORTE APRÈS AVOIR SUBI UNE ÉNUCLÉATION DES DEUX GLOBES OCULAIRES...
J'AI PRATIQUÉ MOI-MÊME L'AUTOPSIE ! LA FILLE A ÉTÉ LONGUEMENT SUPPLICIÉE, ET SON TORTIONNAIRE A TROUVÉ ÇA...
...SI JOUISSIF QU'IL N'A PAS ESTIMÉ BON DE SE RETENIR ! IL Y AVAIT DES SALOPERIES DE TRACES SÉCHÉES PARTOUT SUR LES VÊTEMENTS DE SA VICTIME !!
MISS STEINBERG POSSÉDAIT UN CARNET D'ADRESSES, AVEC, À L'INTÉRIEUR, LE NOM DE MONA GRIFFIT, SOULIGNÉ DEUX FOIS, EN ROUGE...
Herman Carfax
Ruppert Exner
Ronald Sandrics
Aleister Welling
Morgan Millar ??
TOUT ÇA M'A DONNÉ UNE FURIEUSE ENVIE DE SAVOIR QUI D'AUTRE FAISAIT PARTIE DU CERCLE SPIRITE !
JE N'AI PAS ÉTÉ DÉÇU ! J'Y AI TROUVÉ UN SIR ALEISTER WELLING, BEAU-PÈRE D'AMBROSE GRIFFIT, MAIS CELUI-CI ÉTANT DÉCÉDÉ NATURELLEMENT IL Y A PLUSIEURS ANNÉES, CELA NE M'A RIEN APPORTÉ...

J'Y AI DÉCOUVERT AUSSI UN CERTAIN MORGAN MILLAR, QUI A QUITTÉ LES ENFANTS DE L'AUBE AVANT LE DÉBUT DES ÉVÉNEMENTS POUR ALLER S'INSTALLER AU BORD DE LA MER, QUELQUE PART SUR LA CÔTE EST...
ET FINALEMENT, UN DÉNOMMÉ TCHEVSKY, LEQUEL, JE VIENS DE L'APPRENDRE, A ÉTÉ CONTRAINT DE FUIR PRAGUE DANS LE PASSÉ, SUITE À UNE SORDIDE AFFAIRE DE MAGIE NOIRE AU COURS DE LAQUELLE PLUSIEURS MEURTRES RITUELS AVAIENT ÉTÉ PERPÉTRÉS !... AUX ÉTATS-UNIS, RIEN N'A PERCÉ DE CETTE HISTOIRE...
...SANS DOUTE GRÂCE À L'INFLUENCE OCCULTE DE CARFAX, QUI L'AVAIT PRIS SOUS SON AILE...
...ET QUI, FAISANT JOUER SES RELATIONS, A OBTENU POUR LUI LE POSTE DE CONSERVATEUR DU MUSÉE D'HISTOIRE NATURELLE !... EN CONCLUSION, LAZZARI AVAIT TAPÉ DANS LE MILLE, MAIS IL DEVAIT IGNORER À QUI IL SE FROTTAIT ! MAL LUI EN A PRIS ! QUOI QU'IL EN SOIT, COMME L'ON N'A PAS RÉUSSI À ALPAGUER NI SANDRICS, NI EXNER, ET EN ATTENDANT D'AVOIR ASSEZ DE PREUVES POUR COINCER CARFAX...
EEEEEEEEEE EEEEEE
ON VA S'OCCUPER DU SOI-DISANT SORCIER DE LA BANDE !
...VOUS ÊTES LES ÉLUS, VOUS LES DÉSHÉRITÉS MIS SI INJUSTEMENT AU BAN DE LA SOCIÉTÉ ! VOUS, QUI HIER ENCORE PÉRISSIEZ DE FAIM ET DE FROID SOUS LE REGARD INDIFFÉRENT DES NANTIS...
VOUS TENEZ ENFIN VOTRE VENGEANCE !!
MAIS PLUS ENCORE...
APRÈS TANT DE SIÈCLES, VOUS EST ÉCHU LE FABULEUX PRIVILÈGE DE MONTER LES MARCHES DU TEMPLE POUR INAUGURER UNE ÈRE NOUVELLE !...
IL NE PEUT Y AVOIR DE DESTINÉE PLUS GRANDIOSE QUE LA VÔTRE ! VOUS AVEZ BU LE BREUVAGE D'IMMORTALITÉ ! BIENTÔT, VOUS MARCHEREZ AUX CÔTÉS DE NOTRE SEIGNEUR L'ÉCORCHÉ !!
IL EST HORS DE QUESTION QUE JE...
...RESTE PLANTÉE LÀ SANS RIEN FAIRE ALORS QU'ILS ONT MASSACRÉ MON PÈRE !! J'ACCOMPAGNERAI MORGAN QUELS QU'EN SOIENT LES RISQUES !!

LE TEMPS PRESSE, XOCO, LE RITE A DÉJÀ COMMENCÉ !...
POLICE !! NOUS AVONS UN MANDAT D'AMENER CONTRE LE Pr TCHEVSKY !!
UN MANDAT DE QUOI !?
VOUS TRACASSEZ PAS, ON VEUT JUSTE VOIR VOTRE PATRON POUR LUI POSER QUELQUES QUESTIONS ! ET VOICI UN AUTRE PAPIER QUI NOUS AUTORISE À FOUILLER LES LIEUX !
LE BOSS N'EST PAS LÀ ! IL NE VIENT PAS TOUS LES JOURS...
C'EST BIEN DOMMAGE ! NOUS ALLONS DONC FAIRE TOUT DE SUITE CETTE PETITE VISITE GRATUITE À LAQUELLE NOUS AVONS DROIT !
LE MIEUX SERAIT QUE VOUS NOUS INDIQUIEZ LES PARTIES DU MUSÉE OÙ IL VOUS EST INTERDIT D'ALLER, S'IL Y EN A !?...

IL Y A JUSTE LES SOUS-SOLS, DANS L'AILE OUEST, OÙ JE NE PEUX PAS ENTRER...
...PARCE QUE C'EST LÀ QU'ON PRÉPARE LES SQUELETTES, ET TOUT LE RESTE...
AVEC DES PRODUITS CHIMIQUES DANGEREUX !
EH BIEN VOILÀ, C'EST PAR LÀ QU'ON VA COMMENCER !
...POUR TIRER VENGEANCE DE CEUX QUI VOUS ONT EXPLOITÉS...
PUIS IMPLACABLEMENT REJETÉS, ET QUI, SOURDS À VOS SUPPLIQUES...
ONT LAISSÉ VOS FAMILLES DANS LA DÉTRESSE...
IL N'Y A D'AUTRE CHOIX QUE DE L'APPELER, LUI...
...L'ANGE EXTERMINATEUR !!
IL FAUT MAINTENANT OUVRIR LA BRÈCHE D'ENTRE LES MONDES !!
IL FAUT VOUS ÉTENDRE SUR LA PIERRE ARDENTE DE L'AUTEL !! IL FAUT VOUS DONNER...
...EN SACRIFICE !!!

FILS DU SOLEIL, QUE CETTE EXÉCRABLE HUMANITÉ SUBISSE ENFIN L'IMPITOYABLE CHÂTIMENT QU'ELLE MÉRITE !?
CHTCHTIK
UNE BALLE DANS L'CRÂNE DE TOUS CES POURRIS, VOILÀ MON PLAN !!

SI C'EST TOUT CE QUE VOUS AVEZ TROUVÉ, AUTANT NOUS ATTENDRE ICI !
FAIRE DIVERSION...
TU SAIS CE QUE ÇA VEUT DIRE, L'INDIEN !?
NOUS Y ARRIVERONS, J'EN SUIS SÛRE !!
VOTRE OFFRE EST TRÈS COURAGEUSE ! ALLEZ-Y !...
NOUS NOUS RETROUVERONS LÀ-HAUT !
BON DIEU DE BON DIEU !...
MOI QUI PENSAIS AVOIR TOUT VU !...
A CROIRE QUE CES FILS DE PUTE FAISAIENT LE CONCOURS DU PLUS BEL ENFOIRÉ DE L'UNIVERS !!...
SI AVEC ÇA ON OBTIENT PAS LA PERMISSION DE RENDRE UNE PETITE VISITE DE COURTOISIE...

AU SIEUR CARFAX...
TOUT LÉGISTE QUE JE SOIS, JE ME LES COUPE ET JE ME LES METS DANS L'FORMOL !!
PARMI NOS ENNEMIS, IL Y A UN HOMME-TONNERRE...
... QUI A LE POUVOIR DE VOYAGER SUR LES VAGUES DU CRÉPUSCULE, ET QUI SAIT PARLER AUX ESPRITS LES PLUS ANCIENS ...
... LES PLUS PUISSANTS QUE JE CONNAISSE !
CELUI-LÀ EST PARVENU À DÉCOUVRIR LE REPAIRE OUBLIÉ DE XIPE TOTEC, NOTRE SEIGNEUR L'ÉCORCHÉ...
C'EST CET HOMME-TONNERRE QUE XOCO A DÛ AFFRONTER ! IL EST VIL MAIS REDOUTABLE !
MAINTENANT, LAISSEZ-MOI VOUS GUIDER SUR LES AILES DE LA PETITE FUMÉE...

BLiiiiNNNGG!!!
COMME ENTRÉE DISCRÈTE, ON FAIT PAS MIEUX !
FALLAIT PAS VENIR AVEC MOI, MA BELLE !
JE VOIS...
... UN TEMPLE, DES PIERRES ARRACHÉES AU SOL SACRÉ DE NOTRE PEUPLE !
LÀ-BAS...
NOS ENNEMIS RASSEMBLÉS !...
ILS SACRIFIENT...
DES INNOCENTS !...

LORSQU'ILS LEUR AURONT ARRACHÉ LE COEUR...
ILS LES ÉCORCHERONT...
EN L'HONNEUR DE XIPE TOTEC...
DONT ILS IMPLORENT L'AIDE !
ILS ONT BESOIN DE SA FORCE...
POUR OUVRIR LA BRÈCHE D'ENTRE LES MONDES...

JE NE COMPRENDS PAS!?
C'EST POURTANT SIMPLE...
TU N'AURAIS PAS PU LUI RÉSISTER SI TU N'AVAIS PAS...
UN MINIMUM DE POUVOIR!
CLING!
MÊME À L'ÉPOQUE OÙ IL S'ÉVEILLAIT, IL N'AURAIT FAIT DE TOI QU'UNE BOUCHÉE!...
TON PÈRE AVAIT ÉLABORÉ UNE THÉORIE...
LA PEUR, LA DOULEUR, DISAIT-IL, LA HAINE OU L'AMOUR, TOUTES LES ÉMOTIONS, EN FAIT, DÉGAGENT DE SUBTILES ÉNERGIES QUI...
LORSQU'ELLES SONT SUFFISAMMENT INTENSES ET NOMBREUSES, S'ORGANISENT POUR FORMER DES ENTITÉS ÉTHÉRÉES...
PRIMAIRES MAIS AUTONOMES, APPELÉES "LARVES"!...

LES LARVES, COMME TOUTE CRÉATURE VIVANTE, CHERCHENT ÂPREMENT À SURVIVRE. POUR CELA, IL LEUR FAUT SE NOURRIR DE NOUVELLES ÉMOTIONS...
SI ELLES Y PARVIENNENT, ELLES SE DÉVELOPPENT ET ACQUIÈRENT UNE CERTAINE FORME D'INTELLIGENCE...
LES PLUS ÉVOLUÉES PEUVENT VOYAGER D'UNE SPHÈRE D'EXISTENCE À UNE AUTRE. CELLES QUALIFIÉES DE "POSITIVES"...
QUITTENT NOTRE SPHÈRE POUR DE PLUS ÉLEVÉES, MAIS LES PLUS VILES CONTINUENT DE RÔDER...
AVIDES...
AUTOUR DE NOUS !!
PAS LA PEINE DE TRAINER ICI, JE VIENS D'AVOIR LE BIG BOSS EN PERSONNE...
... QUI, LUI-MÊME VENAIT DE PARLER À NOTRE RESPECTÉ MAIRE, LEQUEL DEVAIT SE SENTIR PLUTÔT MERDEUX, VU LA VITESSE À LAQUELLE IL A LACHÉ CARFAX !
RESTE PLUS QU'À ALLER CUEILLIR ST'ENFLURE !!

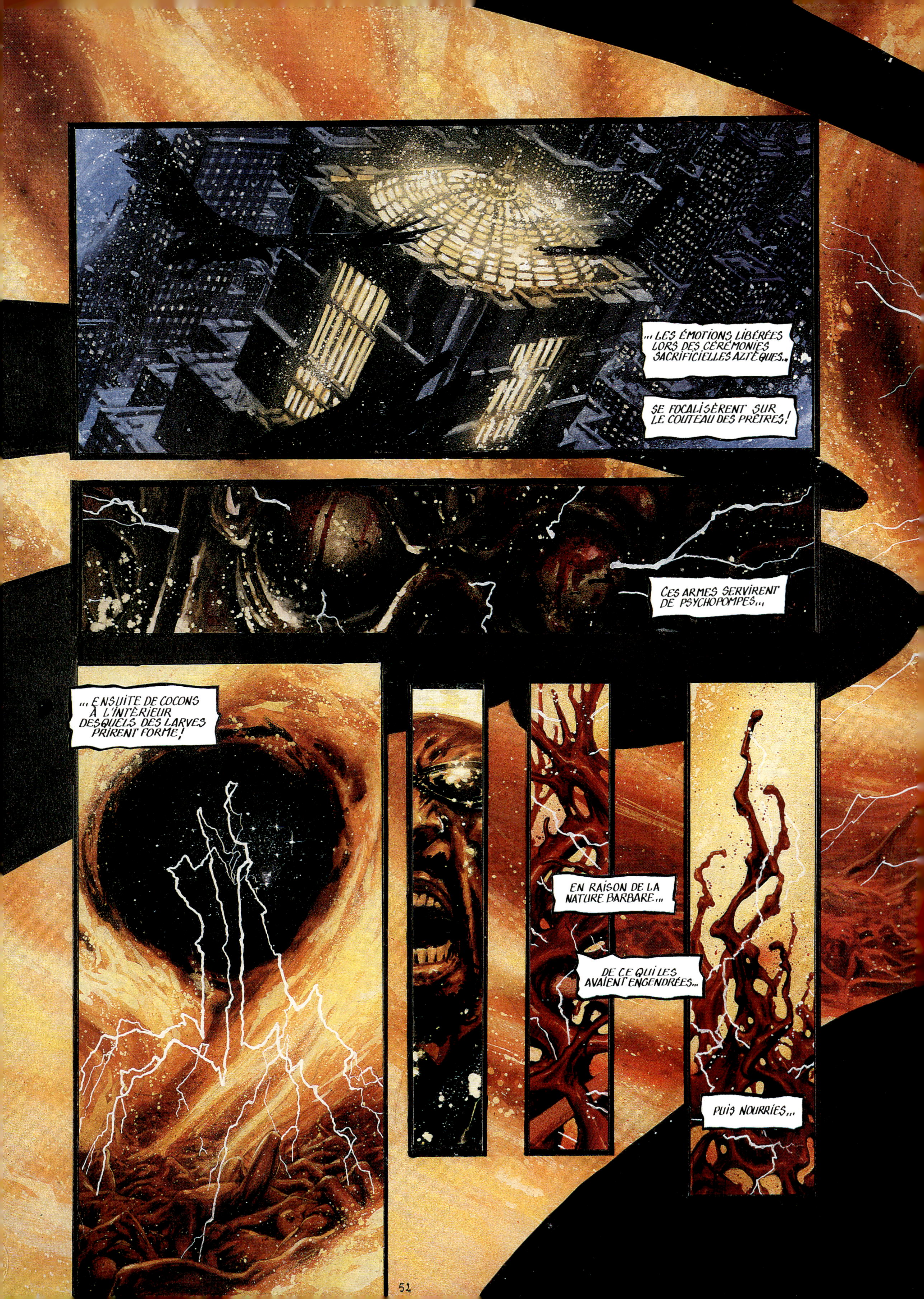
...LES ÉMOTIONS LIBÉRÉES LORS DES CÉRÉMONIES SACRIFICIELLES AZTÈQUES...
SE FOCALISÈRENT SUR LE COUTEAU DES PRÊTRES!
CES ARMES SERVIRENT DE PSYCHOPOMPES...
...ENSUITE DE COCONS À L'INTÉRIEUR DESQUELS DES LARVES PRIRENT FORME!
EN RAISON DE LA NATURE BARBARE...
DE CE QUI LES AVAIENT ENGENDRÉES...
PUIS NOURRIES...

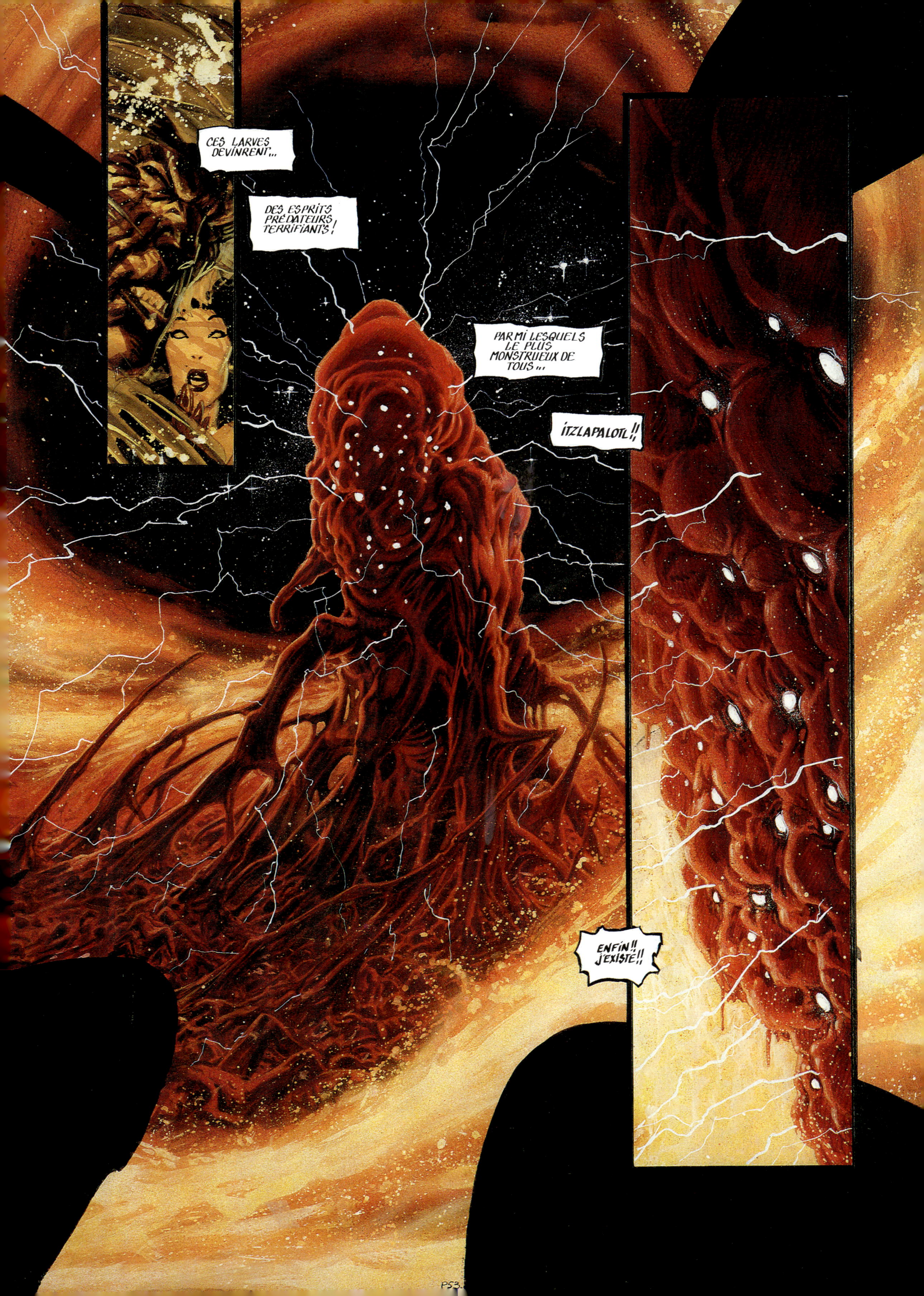
CES LARVES DEVINRENT...
DES ESPRITS PRÉDATEURS TERRIFIANTS!
PARMI LESQUELS LE PLUS MONSTRUEUX DE TOUS...
ITZLAPALOTL!!
ENFIN!! J'EXISTE!!

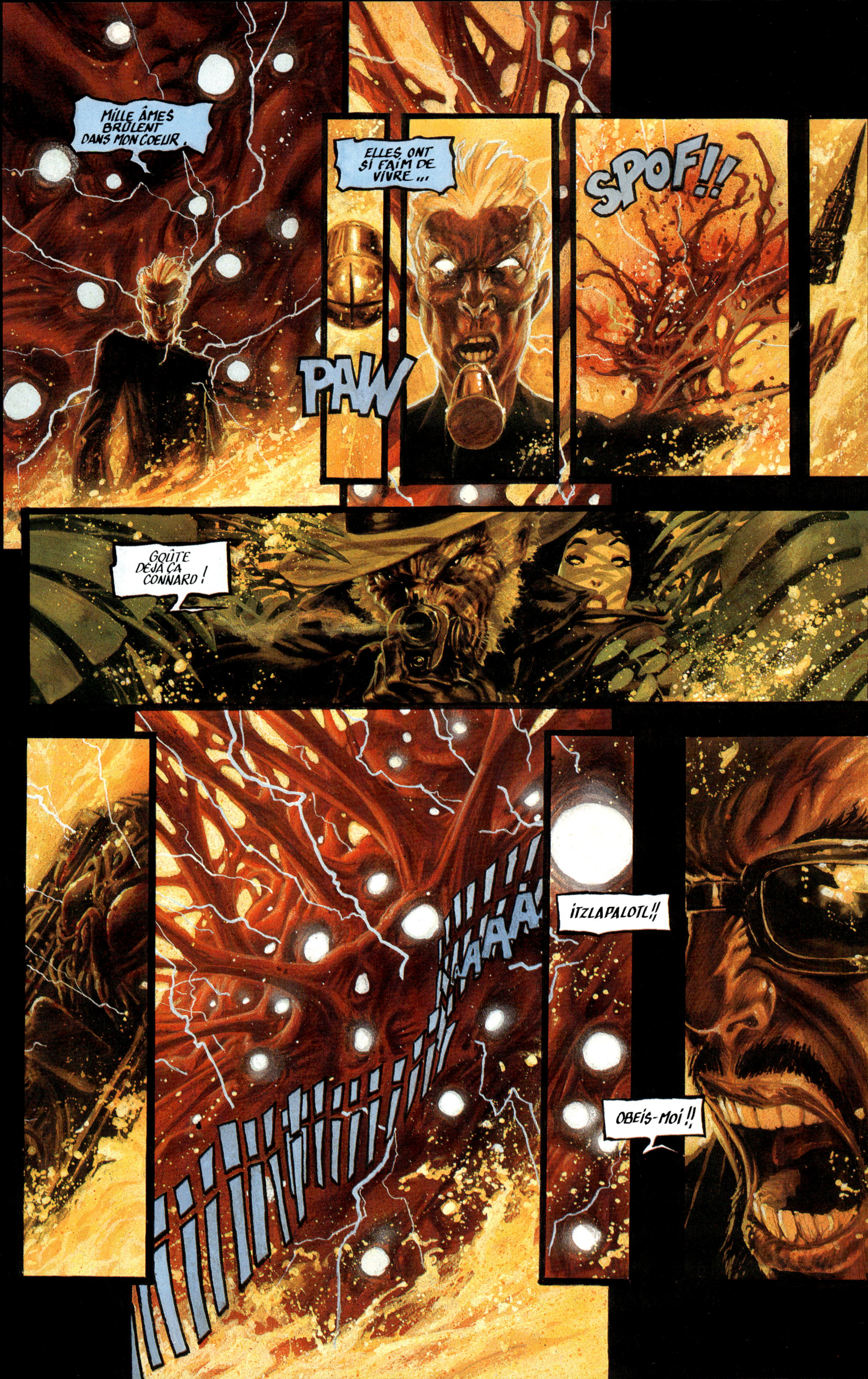
MILLE ÂMES BRÛLENT DANS MON COEUR.
ELLES ONT SI FAIM DE VIVRE...
PAW
SPOF!!
GOÛTE DÉJÀ ÇA CONNARD!
ÍTZLAPALOTL!!
OBEIS-MOI!!

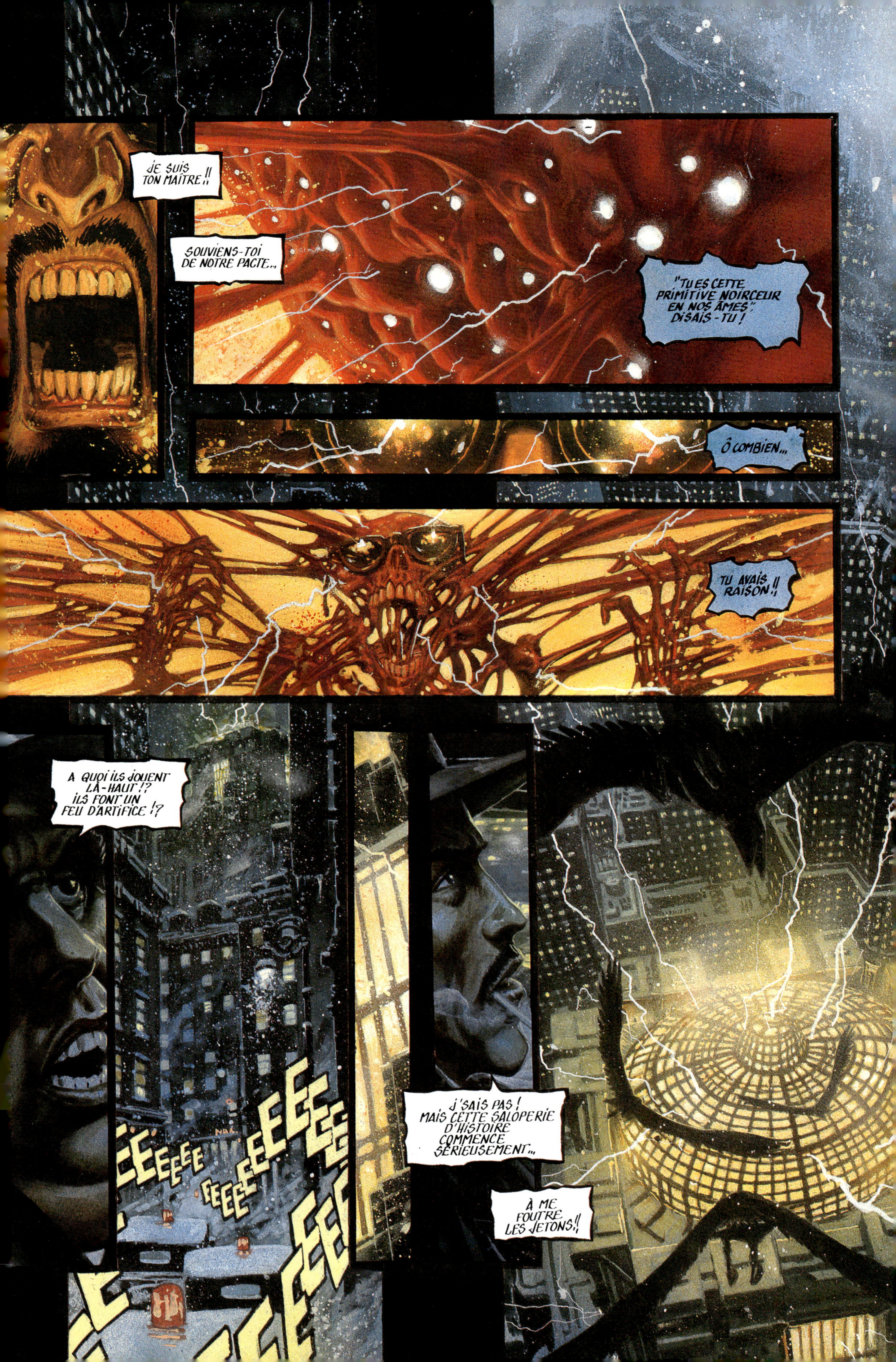

JE SUIS TON MAÎTRE !!
SOUVIENS-TOI DE NOTRE PACTE...
"TU ES CETTE PRIMITIVE NOIRCEUR EN NOS ÂMES", DISAIS-TU !
Ô COMBIEN...
TU AVAIS RAISON !!
A QUOI ILS JOUENT LÀ-HAUT !? ILS FONT UN FEU D'ARTIFICE !?
EEEEEE
EEEEEEEEEEEG
J'SAIS PAS ! MAIS CETTE SALOPERIE D'HISTOIRE COMMENCE SÉRIEUSEMENT...
À ME FOUTRE LES JETONS !!

DÉSORMAIS, CE MONDE M'APPARTIENT !!!
TROP TARD ! NOUS DEVONS COMBATTRE "LE MANGEUR D'ÂMES" LUI-MÊME !! FAISONS DE NOS ESPRITS RÉUNIS...
FILS !
TUE !!!

LA LANCE PRODIGIEUSE...
QUI TUERA...
LA BÊTE !
JE SUIS L'OBSCURITÉ ÉTERNELLE DANS LAQUELLE TOUS SE PERDRONT !!
SANS EXCEPTION !
NON !! PAS MOI !
BYE, BYE, TCHEVSKY !
PAW
AAAAAAAAAH
AAAA !?
T'AS TOUJOURS EU UNE TROP GRANDE GUEULE MORGAN !!
C'EST CE QUI TE PERDRA !!

MÊME LE JADE PEUT ÊTRE BRISÉ ! MÊME...
L'OR PEUT ÊTRE BROYÉ ! MÊME LA PLUME DU CORBEAU...
...PEUT ÊTRE DÉCHIRÉE ! TU NE PARCOURS LA TERRE...
...QU'UN FUGITIF INSTANT ! VIENT CE FUNESTE JOUR OÙ IL TE FAUT T'EN ALLER !!
JUAN !! NNOONN !

MEURS !!
C'EST...
IMPOSSIBLE !?
SSBBLEURFF !

JE N'VOUDRAIS PAS TROP M'AVANCER, MAIS J'CROIS BIEN QU'ON ARRIVE APRÈS LA BAGARRE !!
OUAIP ! C'EST POSSIBLE, WILLY, C'EST FOUTREMENT POSSIBLE ! MAIS QU'EST-CE QUI A PU FLANQUER...
...UN BORDEL PAREIL !?...
C'EST PAS CE PAUVRE DIABLE QUI VA NOUS LE DIRE ! PARFOIS, J'AI VRAIMENT L'IMPRESSION...
... DE VIVRE SUR UNE AUTRE PLANÈTE ! PAS TOI, GARÇON !?
LÉGISTE ! VOUS DEVRIEZ VENIR...
ON A TROUVÉ QUELQU'UN DE VIVANT !

Olivier LEDROIT

FIN

Thomas MOSDI

Très estimé Don Bernardo Alonso de Villanueva, gouverneur de Cuba, en cette veille de la fête de la Purification de l'an mille cinq cent vingt-neuf de Notre Seigneur, nous vous saluons respectueusement.

Nous vous adressons la présente missive afin de vous faire part de notre préoccupation quant au chargement de la Santa Luciana, laquelle s'apprête à quitter Veracruz à destination de votre île, où elle fera escale avant de se diriger vers notre chère Espagne.

En effet, si les cales de ce galion regorgent d'or et de pierres précieuses, elles contiennent aussi un coffret de plomb, scellé et étroitement entouré de chaines, renfermant un couteau sacrificiel dont nous pouvons légitimement penser qu'il est possédé du démon.

Nous devinons votre étonnement à la lecture de ces lignes, cependant il nous est impossible de nous exprimer différemment. Depuis sa découverte par feu frère Domingo de Escalante, l'objet n'a cessé de fasciner tous ceux qui ont eu l'infortune de s'en approcher.

Nous entendons par là qu'il semble doué du pouvoir d'imposer sa volonté aux hommes, fussent-ils exorciste comme frère Francisco de Alverado, avec pour résultat de les contraindre à commettre des actes dont le caractère diabolique est manifeste.

Nous savons être ici sur une terre de primitive barbarie, où la parole de Dieu a été absente trop longtemps. Néanmoins, nous confessons notre incapacité à pénétrer pareil maléfice, ainsi que notre impuissance à y mettre un terme, pour vous exposer enfin notre requête :